父の回数

王谷晶
Akira Outani

講談社

目次

装丁　須田杏菜
装画　ともわか

父の回数

おねえちゃんの儀《ぎ》

「おねーえちゃん、うどんとそばどっちがいい？」

大きい鍋に水を張りながら叫ぶと、後ろからすぐに「うどん！」と返ってきた。うどん、うどんね。冷蔵庫にはちょうど三玉一袋入りのうどんがある。おねえちゃんが二玉、あたしが一玉。今日は朝から小雨でちょっと寒いし、あったかいやつにしよう。

薬味はどうするか。おねえちゃんはネギが好き。あたしは生姜《しょうが》が好き。揚げ玉は二人とも大好き。おねえちゃんはうどんのつゆはヒガシマルが好き。というか、それじゃないと嫌がる。あたしは本当は創味のつゆが好きなんだけど。卵も入れよう。野菜がもうちょっとあったほうがいいな。冷凍庫を開けると、ジップロックの中に茹《ゆ》でたホウレンソウがまだ少しあった。

雨の日のおねえちゃんは調子が悪い。体がむくんで、内側から膨張していく感じがするらしい。あたしも昔は気にならなかったけど、最近は体調が気圧と連動しているのを感じる。雨が降る前は頭が痛くなるし、なぜかお腹も壊しやすくなる。

窓を見ると、外は灰色で、雲が分厚い。明日も雨かも。ずいぶん前から、木の葉の模様のカーテンの端がほつれだしている。引っ越したときに買ったやつだから、そろそろ買い替えてもいいのかもしれない。

うどんを作りながら、ここに住み始めてもう何年だっけとふと考える。十年くらいは経ってるはずだ。

「できたよおねえちゃん。七味そっちある？」

ちゃぶ台にどんぶりを並べると、おねえちゃんが仕事机からのっそりと下りてくる。

「いいねえ……」

もうもうと立つ湯気を見て、おねえちゃんが眼を細くする。すぐに眼鏡《めがね》がぱーっと曇る。これが何度見ても面白くて、つい笑ってしまう。

「やっぱ明日も雨かあ。洗濯できないな」

テレビをつけるとちょうど天気予報をやっていた。このテレビももう相当古い。今は二万円程度で倍くらいの大きさのやつが買えるはずだけど、二人ともそんなに熱心に見ないので、なんとなくそのままになっている。

「コインランドリー行く？」

おねえちゃんの声にうーんと返事しながら、あたしもうどんを啜《すす》る。このテキトーなうどんも、もう何回作ったか分からない。おねえちゃんとあたしは、麺類が好き。食べ物の好みが似てるのは、あたしたちの生活の中にあるいろんなラッキーの中でも大きなポイントだ。麺類が好き、辛すぎるものは嫌い、甘いものは和菓子派、緑茶よりほうじ茶が好き。

「あ、そういえば」

もう麺の大半を食べ終えてしまったおねえちゃんが口を開く。

「不動産屋からなんか封筒来てたよ」

「え、いつ」

「おととい……三日前くらい？」

「ちょっと、そういうのはすぐ教えてってつってるじゃん。大事なやつだったらやばいでしょ、期限あるやつとか！」

「大丈夫だって」

何の根拠もない〝大丈夫〟にイラッとしながら、指さされた先にあった灰色の大きい封筒を摑《つか》む。急いで開封すると、中は更新のお知らせだった。

「ほら、大事なやつじゃん！」

しれっとした顔でテレビを見ているおねえちゃんを睨む。

来月の十六日までに手続きを完了させてくださいというお知らせと一緒に、もう何度も繰り返し書いた書類が入っている。住んでいる人間の構成やその続柄に変化はないか。保険も更新するかしないか。頭の方に書いてある入居開始日の日付を見ると、やっぱり十年前だった。

じゃあ、今年は十一年目か。

うわー、と思う。あたしとおねえちゃん、ここにもう十年近く住んでるんだ。じゅうねん！

うわー。


おねえちゃんと初めて出会ったのは、大阪の堂山《どうやま》というところにあるバーだった。あたしはその頃はまだ正社員で働いていて、高校時代の同級生の結婚式で初めて大阪に行って、二次会までそつなく顔を出したその夜、勇気を出して、ネットの検索結果に出てきたバーに一人で行ってみることにしたのだった。

バーなんて、地元でも一度も行ったことない。お酒は一応飲めるけどそんなにだし、飲み会とか飲み屋の雰囲気もあんまり好きじゃない。でも、今しかチャンスは無い！　と、その時は思ったのだ。

ググって出てきた住所を頼りにおそるおそる向かったそこは、古い雑居ビルで、表に出ている看板からは、他にもいろんなバーらしいお店が入っているのが見てとれた。ちらちらする蛍光灯の頼りない光の下、ゆっくり階段を上がって、辿り着いたドアには「ＢＡＲ　くらげ」という小さな看板と、その下にもうちょっと大きな張り紙で「WOMEN ONLY」と記されていた。

あたしはそのドアの前で何度か深呼吸した。やっぱりやめようか。入ったところで、何をどうすればいいか分からないし。格好もださいかもしれない。ここに来るまでの道ですれ違ったのは、みんなあたしより若くておしゃれな人だった気がする。この中も、そういうおしゃれピーポーがひしめいていたらどうしよう。埼玉から来た関東の田舎者だと見抜かれたら、どうしよう。

そのとき、ドアがいきなり内側から開いた。あたしと同じ年頃くらいのナイキのジャージを着た二人組が、かすかにお酒の匂いを漂わせながら「じゃーまたー！」と機嫌のいい声で中から出てくる。

「あ、入りますぅ？」

片方の人があたしに気づいて、開いたまんまのドアの中をどうぞどうぞと手で指し示した。あたしは思わず「ア、ハイ」って言っちゃって、お店の中に入らざるを得なくなってしまった。

背中でドアが閉まって、ハンドバッグをぎゅっと摑んだまま、あたしはお店の中を見た。そんなに広くない。入ってすぐのところにカウンターがあって、その中に長い茶髪の、あたしより一回りくらい年上に見える綺麗なひとが立っていた。

「いらっしゃーい！」

その人に笑顔で手を振られ、あたしはぎくしゃくと会釈する。

「おひとり？」

「ハイ……」

「じゃこっちこっち！　どうぞぉ。うち初めてですよね？」

関西弁のイントネーションと共に指さされたカウンターの椅子に座ると、すぐにあったかいおしぼりを手渡される。

「何飲みます？」

「あ、じゃ、ジンジャーハイボールを……」

「お客さん、東のひと？」

「ア、ハイ」

「じゃ、こちらさんといっしょだ！」

そのとき初めて、同じカウンターの並びにもう一人お客が座っているのに気付いた。

横を向くと、その人はなんでそこにいるのを気づかなかったのか分からないくらい縦も横も大きい身体《からだ》をしていて、パーマなのかすごいもじゃもじゃした頭に、首やら手首やらにじゃらじゃら派手なアクセサリーを着けていた。でかいな、派手だな、何してる何歳の人なのかよくわかんないな。それが、おねえちゃんの第一印象だった。

食べ終わったうどんのどんぶりを片付けて、お茶を淹《い》れて、ちゃぶ台に書類を広げる。この部屋の契約主はあたしだ。おねえちゃんはフリーランスで、収入はあたしよりぜんぜんいいけど、部屋を借りる時はあたしの契約社員という肩書の方が通った。契約者、本郷律《ほんごうりつ》、四十四歳。同居人、森村十志子《もりむらとしこ》、四十八歳。続柄、姉。

姉、の字を書こうとして、ボールペンを持つ指先が、ぶるっと震える。

もうおねえちゃんをおねえちゃんと呼ぶことに、とっくに慣れっこになってるはずなのに、まだあたし、これでちょっと傷つくんだ？　まじかー。たしか二年前もおんなじような気分になったことを思い出す。年取ると、おセンチもエモも同じことの繰り返しだな。

堂山のビアンバーで出会ったあたしとおねえちゃんは、すぐさま熱烈な恋に落ちた。わけではなかった。あのお店では何を話したのかも覚えていないくらい当たり障りのない会話を少しして、流れでメアドを交換しただけ。ずっと緊張していたあたしは、両手でハイボールのグラスを持ったまま、ちらちらお店の中をあちこち盗み見して、そしてその時はまだ、自分が本当に女が好きなのか、女しか好きになれないのか、どうなのかなんなのか、なんてことを頭の中でぐるぐるとこね回していた。

地元に戻ってしばらく経ってから、携帯に馴染みのない名前からメールが送られてきた。それがあのときのおねえちゃんだと思い出すのにちょっと時間がかかった。そこには、自分は東京在住であること、良かったら近いうちにお茶でもしませんかという旨の簡単な言葉が並んでいた。

あたしは確かそのとき、えー、と思ったはず。もうおねえちゃんの印象はただただデカくて派手な人だったというものしかなく、会話が盛り上がったわけでもなく、何より好みのタイプというのとも、違ったから。それでいったら、あの店のママのほうがずっとぐっと来てた。

でも、同時にあたしは、嬉《うれ》しかった。フフンと思った。旅行先のビアンバーで知り合った女の人にお茶に誘われた。そのことが、「お前はレズビアンになる資格があるのだ」と誰かから……〃何か〃から、ばーんと太鼓判を押してもらったような気持ちになったから。今思うとバカみたいだけど、あの時のその感じって、あたしにとっては大きなことだった。

それでも、ちょっと悩んだ。飲み屋で出会った素性も分からない人と二人きりで会うなんて、なんか危ないことになるんじゃないかとどうしても考えてしまったから。宗教とかネットワークビジネスの勧誘だったらどうしよう。その可能性はどうしたってゼロにはならない。悩んだ。迷った。

でも結局、あたしは自分の「フフン」の気持ちを繋《つな》ぎとめておきたくて、おねえちゃんと会うことにした。失礼なやつだな。でも、そういうやつだったんだ、あたしは。

「りっちゃん」

はっとする。テレビを見たまま、おねえちゃんがあたしの名前を呼んだ。

「な、なに」

「散歩行かない？」

「ええ、雨まだ降ってるよ」

「だから、中散歩」

中散歩、というのはあたしとおねえちゃんの間でだけ通じる造語だ。今住んでいるこのマンションはちょっと変なところで、普通に住むだけでなく、事務所や店舗利用もできるようになっている。だからマンション内にお店がいくつもあるのだ。それも古着屋とかレトロゲーム喫茶とか雑貨屋兼本屋とか、ちょっと変わった個人商店ばかり。なので建物内から一歩も出ないでそういうお店をぶらぶら冷やかして歩くのを、中散歩と呼んでいる。腹ごなしにはいい運動かもしれない。あたしは部屋着の上にお尻が隠れる丈のカーディガンを羽織って、おねえちゃんは部屋着そのまんまの格好《かっこう》で、二人で部屋を出た。

あたしたちの部屋があるのは五階。ここには古着屋さんがある。アクセサリーや帽子がたくさん揃ってるので、おねえちゃんのお気に入りだ。あたしはピアス穴すら無いし普段もアクセサリー類はぜんぜん着けないけど、おねえちゃんのコレクションはすごい。でかくてカラフルなビーズやビジューがごろごろ付いてるやつが、引き出しに何段もみっちり入っている。

初めてお茶した日も、おねえちゃんは猫の顔くらいでっかいパーツの付いたペンダントをしていた。池袋の喫茶店で改めて見たその姿もやっぱり年齢や職業は不詳で、強いて言うなら占い師とか演歌歌手みたいだなと思った。やっぱりあたしは緊張していて、いつ病気の治る水とか必ず儲《もう》かる投資の話を持ち掛けられるか、どきどきしていた。でも、おねえちゃんはバーの時と同じように、あまり喋《しゃべ》らなかった。

「どうしてあたしを誘ったんですか」と、ほんとはその時訊《き》いてみたかった。あたしは女が好きな女から見て、魅力的ってことなんですかね？　というかあなたは女が好きな女ってことでいいんでしょうか？　そしてあたしは、なんなんでしょうか？　もちろんそんなことは口には出せず、ひたすらちびちびとコーヒーを飲んでいた。

結局、小一時間くらいやはりぽつぽつと当たり障りのない話をして、その日は解散となった。帰り際におねえちゃんは、「中華料理って、好きですか」と言ってきた。まあ、はい、好きですと答えると、「今度は、お昼ご飯食べましょう」と続けたのだった。

「りっちゃん、どうこれ」

壁までみっちりと服やバッグやアクセサリーで埋め尽くされている古着屋の店内で、おねえちゃんは手にした黒いアイテムをあたしに見せてきた。ウニをたくさん捕まえてぎゅっと固めたみたいな、変な帽子だった。

「変な帽子」

とあたしが言うと、おねえちゃんは満足そうな顔で鏡の前でそれを被《かぶ》った。身に着けるとますます変だ。おねえちゃんは変なものが好き。一緒に行った中華料理屋も、美味《おい》しかったけど、壁になぜかへたくそな自由の女神が描かれていた変な店だった。

いつだったか、酒を飲んだ勢いで、「なんだったんだよ、あのぶきっちょなデートの誘いはよお」と絡んでみた。飲んでも顔色の変わらないおねえちゃんは、「セオリー通りだろうが」とつんとしていた。お茶ののち、ランチ、それから映画、それからディナー。あたしは断る理由がないという理由でおねえちゃんの誘いに乗るままに高校生みたいな〝セオリー通りのデート〟を繰り返して、そのたびにぽつぽつした会話をして、そのうちに、「この人とだと、黙ってる時間もあんま気まずくないな」ということに気づいた。あと、連れて行ってくれた飯屋が、ぜんぶやたらと美味《うま》かった。

おねえちゃんは結局、ウニの帽子を購入してしまった。どこで被るつもりなんだ。古着屋を出てぶらぶら廊下を歩き、階段で下に降りる。四階はもっといろんな店があって、暇つぶしにはもってこいのフロアだ。

「本屋に寄ろうよ」

とあたしが言うと、おねえちゃんはウーンとフーンの中間みたいな声を出した。気は乗らないけど断るほどではない、というときの音だ。

廊下の奥の方に『BOOKS　小石』というスタンド看板が出ている。こんなとこで営業しているくらいだから、当然ただの本屋ではない。開けっ放しの入り口から中を覗《のぞ》き込むと、いつも通りピンクのエプロンを着たここの店主がレジカウンターの中で暇そうにしていた。

どうも〜、と中に入ると、店主の小石川《こいしかわ》君が顔を上げた。おねえちゃんを見慣れてるあたしでも驚くほど背が高くてあちこちひょろ長くて、キリンとかガゼルみたいな雰囲気の青年だ。

「律さん、こんにちは。お散歩ですか」

「そうそう。腹ごなしに。冷やかしでごめんね」

いいんですよ、暇してたんでと笑う小石川君のエプロンには、びっしりといろんなバッジやピンズがくっついている。あたしでも知っているピースマークやレインボーフラッグや、他のも全部〝意味〟があるやつなんだろうなと思う。カウンターの上には片側に三角の模様が付いているレインボーフラッグが置いてある。最近ネットとかでよく見るやつだ。なんて言うんだっけ、プログレ……キンクリ……ピンク・フロイド……。

「十志子さんの腰の具合はどうですか」

「ああ、もうすっかり大丈夫大丈夫。その節はお世話になりました」

少し前、おねえちゃんがお風呂場でぎっくり腰になって動けなくなってしまった。あたしの力じゃどうにもこうにもにっちもさっちもいかなくて、小石川君と、ここの向かいの『他人屋』という便利屋のお兄ちゃんに手助けしてもらったのだ。

カウンターの上には、この前来たときは無かった透明の箱も置いてあった。中に小銭と千円札が一枚入っている。箱には「結婚の自由をすべての人に！　同性婚訴訟カンパ募集中」と手書きで書かれたカードが貼ってあった。

「六月は、プライド月間なので」

あたしの視線に気づいたのか、小石川君が言った。

「同性婚の……なんか、裁判やってるんだっけ」

「ええ、同性で結婚ができないのは憲法違反だという訴えで――」

小石川君の説明を聞きながら、横目でおねえちゃんを探す。お店の一番奥のほう、あたしらから離れた場所で、椅子に座ってぼーっとしていた。

「……小石川君は、結婚したい？　やっぱり」

はっきり聞いたわけじゃないけど、たぶん〝そう〟なんだろうな、と思って、半分鎌をかけてみる。

「正直婚姻制度そのものに疑問を持っているというか、なくてもいいと思うんですけど、その前に今ある制度を平等にしたいと考えてます。そのうえで……そうですね、法制化されたら、正直したいな、とは思ってます。現状、彼がもし急に入院とかしても、駆け付けることもできないかもしれませんし」

あ、やっぱりそうなのか。彼氏いるんだねえ。うん。入院な。それは本当にネックなんだよ。最近は病院によっては柔軟に対応してくれるところもあるって聞くけど……。

「……律さんは、どうです？」

「うち？　うちはー……どうかな。そういう話、まじめにしたことないんだよね。恥ずかしいけど」

だらだら生きてるノンポリ中年ビアンに、小石川君みたいな意識の高い若いゲイ（かバイかその他もろもろかは分からないけど）は眩しい。彼が特にそうなのか、今の若い子がこうなのかは分からないけど、しっかりしてんなあ、とぼんやり思う。

「ずっと一緒に暮らしてるって、それだけで凄《すご》いことですよ」

「凄いかなあー。家賃とか生活費安くなるしってのが直接のきっかけだし」

そう、本当にきっかけはそういう身もふたもないものだったのだ。あたしが勤めてたちっさい会社が倒産して、それが親戚のコネで入ったとこだったからそのゴタゴタで実家の居心地が妙に悪くなって、地元じゃ新しい仕事もなかなか決まらないし、よし、家出るか、と三十過ぎて初めて決心したのがそもそもの話の始まり。

その頃は、おねえちゃんと月に一、二回、ご飯食べたり飲みに行ったりという付き合いを続けていた。別にはっきり口説かれたりとかそういう雰囲気になったりとかは、たぶん無かったけど、ただの友達とも言い切れない何かはあった。何かってなんだよと言われると、困るけど……。

会話が少ないなりに、もうだいぶお互いのプロフィールを把握し始めていた。おねえちゃんはフリーのｗｅｂデザイナーをしていて、当時は練馬区の、駅からちょっと遠いというアパートに住んでいた。手狭になったし生命線だった近くのスーパーが閉店するので引っ越したい、というおねえちゃんの話に、世間話のつもりで「あたしも実家出たくて」とこぼしたら、「じゃあ、一緒に住む？」と、あっさり言われた。

「誰かと一緒に暮らすって、ちょっと憧れがあります。もちろん大変なことも多いんでしょうけど」

小石川君が言う。

「同棲とかしたことないの？」

「ないです。シェアハウスなんかもいいなと思うんですけど、ちょっと前までずっと実家暮らしだったので、家族以外の人と暮らした経験がなくて」

「あたしは実家からいきなり二人暮らし始めちゃったから、逆に独り暮らしの人、尊敬するよ」

「そうなんですか。……あの、部屋借りるときってどうでした？　けっこう大変だって聞きますけど」

「それはねー、大変だったよ。まあ、ちょっと前の話だから今はわかんないけど」

そう。大変だったのだ。フリーランスと求職中の女二人が一緒に住める部屋を探すのは。途中であたしはなんとか契約社員の職を見つけたけれど、それでも簡単に済むと思った不動産屋巡りはめちゃくちゃだった。希望の条件なんかたいしたことはなく、２Ｋか２ＤＫで風呂トイレエアコンありで、二階以上で都市ガス。そんくらい。でも、見つからなかった。そんな部屋は東京とその近郊には腐るほどあるはずなのに、血縁でもなんでもないいい年をした女二人の客に不動産屋は明らかに難色を示し、内見するところまで進んでも、結局大家に断られたとかなんとかごちゃごちゃ言われて、本当に決まらなかった。

べつにあたしら、ペアルックも着てないし揃いの指輪もしてないし（そもそも持ってないし）、不動産屋の目の前でイチャついたりもしてないし、七色に光ったり羽とか角とか生えてたわけでもない。おねえちゃんだって、当社比かなりおとなしい格好で部屋探しをしていた。それでも。それでもなのだ。女二人でこうなんだから、男のカップルはもっと大変だろう。ネットで経験者のブログやSNSを探して読んでも、みんなそれぞれ、苦労していた。

そんな感じで新しい職場と部屋探しでへろへろになって飛び込んだ何軒目かの不動産屋で、駅近なのに破格に安いマンションを見つけた。「築四十年以上ですけど、ちょっと前にきれいにリフォームしてますよ」という説明に、具体的なリフォーム年を言わないってことはそこからまた十年くらいは経ってるんだろうな、と推測した。でも、見れば見るほどそこは掘り出し物の物件だった。エレベーターもあるし、商店街が近いのも最高だ。価格的に事故物件の可能性もあるけど、この際かまうもんか。そうして内見に行ったマンションを、あたしもおねえちゃんもすぐに気に入った。特におねえちゃんは。だって、変なマンションだったから。

「ここに住みたい」

と、内見の帰りに、おねえちゃんははっきりした口調で言った。

「ここに、りっちゃんと住みたい」

そう繰り返して、その時あたしは初めて、おねえちゃんに手を握られたのだった。

しかし、いくらこっちが物件を気に入っても、貸すかどうか決めるのは向こうだ。どうせまた断られるんだろう、と、あたしは半分諦めていた。不動産屋で審査申込の書類にいろいろ記入していると、案の定、二人分の違う苗字をじろじろ見られて「どういったご関係でのご同居ですか？」と言われた。

付き合ってんだよ、文句あるか。と、その時はもうあたしははっきり言ってやりたいくらいのテンションにはなっていた。好きですとか愛してるなんて言葉は交わしてなかったけど、隣にいるのはあたしの女だ、と、そのとき強烈に自覚した。

「姉です」

しかし、あたしが何か言うより早く、おねえちゃんが口を開いた。

「私、ちょっと前に離婚して、苗字戻すといろいろめんどくさくなるのでそのままにしたんです。もう結婚はこりごり。妹も独身なんで一緒に心機一転、仲良く暮らしてこうと思って。ね、りっちゃん」

にこっと、あんまり見たことのない笑顔で、おねえちゃんはあたしを見た。あたしはボールペンを握ったまま、すっごく短い時間ですっごくいろいろ考えて、それから、

「うん、おねえちゃん」

と、返した。

「最近はＬＧＢＴＱフレンドリーをうたう不動産業者も増えてるんですが、実態が伴ってるか

というとそうでもないみたいなんですよね……。よくわかんないけど流行だからただお題目として掲げているだけ、みたいな業者もありますし。同性婚が法制化されれば、そういうこともっとスムーズに進むと思うんですが」

小石川君の嘆きに、そうねえと相槌《あいづち》を打つ。そういえば、あのとき漁《あさ》った物件の中には同居の場合は婚姻関係か婚約関係に限る、みたいな物件もいくつかあった。ようするに家族か男女の組み合わせ以外の二人入居はまかりならんってことだ。その時は、そんなもんだよなくらいで流してたけど、よく考えると、ぜんぜん納得できねえ。

「なると思う？　同性婚オッケー」

「なってもらわないと困りますよ。なるべきです。ならないと」

真っすぐ力強く言われて、それがまた眩しかった。あたしは募金箱に十円玉を入れて、結局ずっと隅っこで絵本を読んでいたおねえちゃんと一緒に、自分たちの部屋に戻った。

あたしは怠惰なノンポリの自覚があるけど、おねえちゃんはさらに輪をかけて、政治のことかは話したがらない。選挙も都知事選以外はほとんど行かない（逆になんで都知事選には行くのか訊いたら、「祭りっぽいから」と返ってきた）。小石川君みたいないろいろしっかり考えてそうな人にとっては、うちらはずいぶんとダメな大人に見えるだろう。同世代にも上の世代にも、権利のために戦ってきた人がたくさんいるのは知っている。でもあたしは、あたしらは、一応当事者ってやつだけど、そういう戦いを横目にもほとんど見ずに、ただただ暮らしてきた。ほかの人たち、普通の人たちと同じように。

部屋に戻って、もう一回お茶を淹れて、おねえちゃんはまだ仕事机には戻らないでビーズクッションに背中を預けている。あたしはその横でなんとなくスマホをいじって、SNSをダラ見してたら、まさに同性婚訴訟をやってる団体の人たちの投稿が流れてきた。

「おねーえちゃん」

「なに」

「あのさあ、もしよ。もしの話だけどさ。この先できるようになったら……する？」

「なにを」

「結婚……」

おねえちゃんは、ぷえっという変な音を出した。鼻で笑ったのだ。

「なに、りっちゃんドレス着たいの？」

「そういうのじゃなくてさあ、こう、書類の上で」

「たかが書類じゃん」

そうだけど。そうだけど、そのたかが書類が用意できないせいで、部屋を探すのもあんなに苦労したじゃん。この世の中って、七割くらいそういうくだらねー〝たかが書類〟でできてるんだぜ。あたしは事務職一本槍だからようく分かってる。おねえちゃん、事務仕事苦手だもんな。

あたしはずりずりとはっていって、熊のようなおねえちゃんの背中にべたっとくっついた。普段そういうことはあまりしないので、おねえちゃんは「なになに」と焦っている。

こんなにぎゅっとしているのに、何かがこぼれ落ちていくような気がする。少しずつ。

その何かがこぼれていく穴を、たかが書類で塞げるのなら、あたしももうちょっと頑張らないといけないのかなあ、何かを。と思いながら、そのまましばらく熊の背中にひっついていた。

あのコを知ってる?

紗代子《さよこ》について知ってること、ほとんど無いな、とおれは改めて思ったのだった。

「ちょっとしばらく来れないかも」と言ってこの部屋から出ていったのが三週間くらい前で、だからその言葉通り、いま紗代子はここにいないわけだけど。こんな長い間ＬＩＮＥも既読にならないしインスタも更新されてないっていうのは、今まで無かったことだ。おれと紗代子が知り合って、二年ちょいくらいか。その中でたぶん初めて。

当然、どうしたんだろうとは思ったけど、紗代子の家を知らなかったし、今の職場がどこなのかも分からない。どんな仕事してるのかも詳しくは聞いてない。だからもう、確認のしようがない。

何日か前から、普段は見ないニュースをチェックするようになった。紗代子っぽい人が事故に遭ったり事件に巻き込まれたりしてないか、気にするようになった。おれは紗代子を心配してるのかもしれない。

とはいえ、そのうち戻ってくるんだろうとは思ってる。根拠はないけど。カーテンレールに引っ掛けてある小さい物干しに、紗代子のパンツが干しっぱなしになっている。なんとなく畳んで仕舞う気にならなくて、三週間前からそのままにしている。レースとかはついてない灰色のそっけないパンツで、ぱっと見にはおれのパンツと見分けがつかない。サイズはL。紗代子について知ってる数少ないデータだ。ブラはMサイズ。前にブラジャーってCとかDのナントカじゃねえの？　と訊《き》いたら、「スポブラだもーん」と言われた。でも紗代子はスポーツはしない。たぶん。

紗代子がうちに来るとき、途中にあるという弁当屋でよくシュウマイ弁当を買ってきてくれた。シュウマイだけじゃなくてピーマンと肉を炒《いた》めたやつが入ってて、それが濃い味で酒のつまみにぴったりだった。あの弁当が無性に食いたいが、店の名前を忘れてしまった。おれは細かいことを憶えておくのが苦手だ。紗代子が帰ってこないかぎり、あのシュウマイ弁当も食えない。

パンツだけじゃなく、おれの部屋には紗代子の物がけっこう置いてある。いつの間にか増えていた。寒いときにはく分厚い靴下とか、オレンジ色の派手なスウェットとか、髪の毛挟んでまっすぐにするやつとか、生理用品とか、雑誌とか。でもそこから紗代子の住所や居場所は分からない。おれは紗代子のこと、なんにも知らない。年齢とかも、けっこう上なんだろうなとは思ってるけど、はっきり訊いたこともない。

　でもたぶん、紗代子はおれのそういうところが気に入ってたはずなのだ。なんだっけ。サンサク？　センサクだ。詮索してこないねって言われたことがある。どういう意味って訊いたら、あれこれ訊いてこないことって返ってきた。嫌？　って訊いたら、ううん逆って返ってきた。だから紗代子はおれのそういうところ、気に入ってたはずだ。

　紗代子だっておれになんにも訊いてこなかったし、それは楽だった。隠すようなことは何もないし質問されたら答えるけど、自分から話すことも何もない。おれはもう紗代子とどういうきっかけでこういう感じになったのかもよく憶えてない。初対面のときから「りょうちゃん」なんて呼んできて、馴れ馴れしいババアだなと思ったけど、その日の夜にはもう寝てた。おれはいつもそんな感じなんだ。

　いつもとおんなじ感じで始まったけど、紗代子とはびっくりするくらい長続きしてる。二年。二年って、最長かもしれん。一年×二回だ。けっこう途方もない。べつに、その間も紗代子一筋とかそういうんじゃぜんぜんないけど、それは向こうもたぶんそうだろう。付き合ってるって感じじゃないけど、セフレって言い切るのもアレだ。やらないでただ一緒にダラダラしてることも多い。最近はとくにそんな感じだった。

　うつ伏せで寝転がってスマホをいじってる紗代子の尻に頭をのせて、枕にするのが好きだ。

柔らかくて、どこまでも沈んでいくような感じがして、だけど紗代子が何かにウケて笑ったり動いたりするたびに、尻の弾力が頭を押し返してくる。たまに紗代子が「おなら出そう」と言いやがるので、おれは慌てて飛び起きる。でもまた尻に頭をのせる。テレビの通販でやってる一万円くらいするたっけえ枕ってこういう感じなのかな、と思ったりした。

部屋の中が静かだ。紗代子がいるときは絶対にテレビがついてたけど、おれ一人ならそんなに見ない。電源入れる。新しく始まるらしいドラマのCMをやっている。紗代子はこういうのが好きだった。テレビでやるドラマ、録画してないと途中で止めらんないしCMあるしめんどくさくない？　と思うけど、紗代子はCM挟まらないとドラマ見てる気がしない、とか言っていた。今どっかで紗代子もテレビ見てんのかな？

スマホが震えた。前の職場の先輩だった。どうせ飲みの誘いだろう。メッセージを開いてみると、やっぱり飲みの誘いだった。今、おれ、酒飲みたい気分かな。誰かと飲みたい気分かな。ちょっと考えて、両方ややイエスって感じだったから、寝転がってた畳から起き上がる。紗代子のパンツと目が合う。パンツに目って無いけど、なんとなくそんな感じがしたんだ。

スニーカーの底で地面を、ぞりぞり音立ててこする。何もないところで蹴つまずきそうになる。酔っ払うとこういう感じになる。足元を見ようとしたら、Tシャツの腹のあたりにいつのまにか焼きとんのタレがこぼれていたのに気がついた。焼きとん久しぶりだった。焼き鳥よりぜんぜん好きだ。味が濃くて脂っこくてどれもモチャモチャしていて、食いでがある。逆に紗代子はそこが好きじゃないって言ってた。

先輩は彼女連れだった。知らない子。他にもおれの知らない友達という人が何人か。アウェイの飲みだ。そういうのたいして苦手じゃないから、楽しく飲んだ。でも、お前今彼女いんの？　と訊かれたので、そのときは中途半端な返事でごまかしてしまった。いるようないないような、いたとしてもいまどっかにいっていて。

おれの部屋は駅から歩いて十分ちょいかかる。終電も過ぎたこんな時間はどこも静かだ。静かで、ちょっと酔ってて、無性にセックスしたくなってきた。さっき見たばっかの先輩の彼女のぱつんぱつんのフトモモが頭に浮かんで、それからきのうネタにした動画が浮かんで、最後に紗代子が浮かんだ。いま誰かとやれるなら、紗代子じゃなくてもやっちゃうけど、でも紗代子としたい気もする。紗代子はやるとき楽しそうにしてる。前の前の相手とか、可愛《かわい》かったけどやるとき妙に暗い顔になって、嫌なのか訊いてもそうじゃないって言うし、していいか訊くとOKって言うけどやっぱり暗いし、向こうからはぜんぜん来ないし、そういうのもしんどくて別れた記憶がある。紗代子よりいい女とか当然いっぱいいるけど、でもその子らが紗代子みたいにおれとするとき楽しそうにしてくれるかは分からない。相手が楽しそうかどうか、おれはわりと気にするタイプ。だから今、紗代子がいるならやっぱ紗代子としたい。どこにいんだよ。

アパートの外階段についてる明かりに、小さい虫が飛び回ってたかっている。今夜は蒸し暑い。もう夏だ。おれの部屋は二階の突き当たり。このアパートやたら足音響くから、夜はうるさくしないように気をつけないといけない。階段上りながら、ふと、紗代子が来てる気がした。

「あ」

おれの部屋のドアの前に、誰かが立っていた。紗代子。じゃないのはすぐに分かった。

そいつは勢いよく首を回してこっちを見た。メガネをかけたもっさりした格好の、知らないおっさんだった。なんだよ誰だよおっかねー、と思ったけど、酔ってるから気は大きくなってて、いつもより低い声で、

「なんすかぁ」

と言った。メガネはびくっとして、でもドア前から動かないし、何も言わない。

「そこ、おれんちなんすけど」

「……………」

メガネの目玉が、上下にきょろきょろ動いておれを見た。嫌な感じだ。

「あの」

ずっ、と洟《はな》をすすってからメガネが口を開いた。

「根岸《ねぎし》、紗代子はこちらにいますか」

「え」

「根岸紗代子です。女性で、四十代の」

「はあ？　四十代？」

紗代子の名前が出たことよりそっちに驚いてしまった。アラフォーだろうとは思ってたけど四十越してたのかよ。うわー。いや、べつにアレだけど、驚く。

「あんた、誰。紗代子の何」

「あの、自分は、根岸拓己《たくみ》と申します」

同じ名字だ。紗代子の家族だ。まさか旦那か？　結婚してた？　考えてみりゃしててもおかしくない。もしかしておれ、やばいことになってる？

「根岸紗代子の、息子です」

「はー?!」

すごくでかい声を出してしまった。だって、どう見てもおれより年上のおっさんだ。聞き間違いか？

「あのそれで、こちらに、根岸紗代子はいるんでしょうか」

「えっ、息子？　こども？　実際の？」

「そうですけど……」

「あんた何歳？」

「二十四ですが」

「は？　見えねえ！　若いじゃん。てかおれより下かよ。えー！」

なんかおかしくなって笑ってしまう。すると、隣の部屋（やや危ない感じのジジイが住んでる）の台所の明かりが点いたのが見えた。やばい。

「あー、ちょっ……と、とりあえず中！　中入って」

急いで鍵を開けて、メガネを中に引っ張り込んでドアを閉めた。とたんに壁をがんがん殴る音がする。メガネとおれはそれが止むまで、暗い玄関先で黙ってじっとしていた。

「まあ……上がって。散らかってっけど」

静かになってから電気を点けると、当たり前だけど部屋の中は出かける前と同じで、つまり紗代子のパンツをはじめいろんなものが散らばったままの状態だった。

メガネは靴を脱いで部屋に入ってきたが、突っ立ってぼーっとしている。よく見ると両手にでかい紙袋さげて、背中にでかいリュックを背負っていた。

「紗代子……サンから聞いたの？　ここ」

「聞いたというか、まあ、知ったというか」

メガネはもごもご言いながらじろじろ部屋の中を見ている。急に気まずくなってきた。

「家上げといてあれだけど、おれもどこいるかは知らないすよ。なんも聞いてないし。連絡ないし」

「そうなんですか」

「一緒に住んでんの？」

「まあ、はい。祖母と、母と」

メガネはおれと目を合わせない。干してあるパンツに気づかないといいなと思う。

「あの……母とは、どのような関係で」

「えっ。訊く？　それ。てか、なんて説明されてたんすか」

「いや説明は、されてないんですけど」

「でもここ来てるの言ってたんでしょ」

メガネはまた口をもごもごさせてから、急にごついケースをつけたスマホを取り出した。

「これ、この部屋で撮った画像ですよね」

インスタの画面を突きつけられる。紗代子のアカウントだ。自撮りで、ほろよいの缶を片手に持った紗代子がへたくそなウインクしてて、その後ろの空に虹がかかっている。キャプションには「虹だ〜！　#虹　#ＲＡＩＮＢＯＷ　#昼飲み　#昼間から飲む」とか書いてある。

確かにそれは、おれの、この部屋のベランダで撮った写真みたいだ。

「この、背景のこの部分。建物と木の向こうに『薬』っていう看板見えますよね。マツダヒロシの。もちろんマツヒロは県内に百五十店舗近くあるので、それだけで絞り込むのは難しいです。あ、母の行動パターンから頻繁に県外まで移動しているとは考えにくいので、まず県内で絞ろうと思って。それでこれ、よく見ると下に青い何かがちょっと見えてますよね。これ、別の看板の一部だと思ったんです。つまりこの建物、マツヒロと別の店が併設されている大型店舗なんです。そうなるとだいぶ絞り込めます。大型店舗のマツヒロ、青い看板の店が併設。候補は三つ見つけました。一つはビルの多い地域だったので除外。もう一つは赤ちゃん用品の北松屋とドッキングしてる店舗。でもほら、……今ちょっとググりますけど……ね、北松屋の看板って丸いんですよ。この画像で見えてる青い部分、丸くはないですよね。だとすると残りは激安スーパーのハイパーバリュー。これで間違いないと思って、次はＧｏｏｇｌｅマップです。看板がこの角度で見える方角にある集合住宅をピックアップしました。それからストリートビューですね。地形から考えても写真を撮ったのは三階以上の部屋ではないし、この、ちょっと見えてるベランダの手すりの感じから年季の入った建物だと思ったので、新築やマンション、あとベランダの広さ的に戸建ては除外しました。ストリートビューだと距離感を掴《つか》むのが実はけっこう難しいんですけど、これ、ここに見切れてる木、かなり大きいんで個人宅に生えているものではなく公園か何かだと推測したんです。で、どんぴしゃで小さい公園を見つけて、そこからまた距離を計算して該当しそうなアパートを二軒まで絞りました。ことと、道を挟んだ向かいです。でもビューの解像度が悪いんであれなんですけど、ベランダの柵がよく似てるけど微妙に違うんですよね。付いてる位置が。それでまあ、十中八九こちらのアパートだろうと。あとは画角から角部屋だなと思ったので、この部屋を見つけました」

メガネは一息にそう言うと、おれの顔をじっと見て、それからはっとしたように目をそらした。沈黙。部屋の中がしんとする。

「す……ストーカー！」

おれは隣のジジイのことも忘れて大声で叫んだ。

「ち、違いますよ」

「ストーカーじゃん！　え、きっしょ！　ていうか紗代子の息子ってぜってえウソだろ似てねえし！　あんた紗代子のストーカーだな？」

自分で言って、自分でぞっとした。紗代子のストーカーがおれに何の用事があるのかって、そんなの一つしかない。やべえ、殺される。そんであのでかいリュックや紙袋にナタとかノコギリが入ってるのかもしれない。殺されてバラバラにされる。どうする？　逃げる？　唯一の出口を今まさにメガネの巨体（よく見るとおれよりだいぶ横も縦もでかい）が塞いでる。窓から？　二階だし死にはしない。たぶん。でも、なんか腹たってきたな。ここ、おれんちで、おれんちなのに、なんでおれが逃げないといけないんだ。さっと周りを見ると、部屋の隅に五キロのダンベルが転がってるのに気がついた。これ、武器になるか。先手必勝？

「待ってください！　ほ、ほら、これ、これ見て」

しかしメガネは今度はカードみたいなものをおれの眼の前に突き出した。保険証だ。「根岸拓己」って名前が書いてある。

「保険証だけじゃ身分証明にならねえよ」

「そんな、役場じゃないんですから。あっ、診察券あります。歯医者。これ。ね？　本人です」

くたびれた財布からあれこれカードを引っ張り出す。小銭がうるさくちゃりちゃり鳴る。それを見てたら、急に酔いが醒めてだるくなってきた。

「もういいよ……分かったって。どっちにしろ、ここに紗代子いないから。帰ってよ、悪いけど」

もうさっさとシャワー浴びて寝たかった。明日も仕事あるし。だけどメガネは、黙ったまま突っ立ってそこを動かない。

「母を連れて帰ると言ってしまったんです、祖母に」

「だから、ここにはいないし居場所も知んないんだって」

「正確には、母を連れて帰るまで帰ってくるなと言われてしまって……」

「いや、知らんし」

「母がいないと、家に居場所がないんです。祖母の当たりが強くて」

「知らねえって！」

メガネはまた黙った。そして動かないままだ。おれも何も言うことなくて、黙ってその顔を見てるしかない。

「あの、母は、僕の事、何か言ってませんでしたか」

「何かって何。こんなでかい息子いるのも初めて知ったし」

「本当に何も？」

「しつっこいな。おれは紗代子の住所も職場もなんも知らねえの。バーさんとあんたと暮らしてるってのも今知ったの」

メガネはメガネをくいっと指先で持ち上げると、ハーとでかいため息を吐く。

「どういう関係だったんですか、母と？」

最初に断っておくと、おれは別にキレやすい男とかじゃない。逆に穏やかなほう。ほんとに。でもこの時は二ミリくらい残ってた酔いがガソリンになって、頭にぱっと火を着けて、

「帰れぇ！」

と、めちゃくちゃでかい声で怒鳴ってしまったのだった。すぐに隣から壁がドンされる。メガネはメガネからはみ出しそうなくらい目を見開いて、それからぎくしゃくした動きで部屋を出ていった。


普通はあの程度じゃ二日酔いになんてならないんだけど、あんま眠れなかったせいか、起きても胃のあたりが嫌な感じがしていて最悪だった。自分の口ん中が臭い。腹は減ってる。歯磨いて髭剃って顔洗って、電気ポットでお湯沸かして、カップうどんを啜《すす》る。足らんけど、何か作ったり買いに行くのも面倒だし仕事行けばまかない出るし、とりあえず小腹が塞がってればいいやと思った。

今日のシフトは午後四時から十二時。「ベストマッチ」ではもう三年くらい働いてる。店の名前は変だけど、このへんじゃわりと有名な食堂兼居酒屋だ。昼から飲めるし夜も定食出すけ

ど、おれは五時からの居酒屋営業コアタイムに入ることが多い。アホみたいに忙しいし、酔っぱらいの相手とかたまにあるゲロ掃除はキツいけど、まかないがうまいしいっぱい食っていいのが嬉《うれ》しい。

店の近くにはでかい公園があって、花見の季節は弁当とかオードブルを店の前に並べて売る。予約も取る。それ用の短期バイトとして応募してきたのが紗代子だった。おれはたまたまその日昼のシフトで、店先で売り子やりながら仕事を教えてやってくれと店長に言われたのだ。

昼のシフトはおばちゃんたちがメインだから、紗代子もその中に馴染んでた。社員とか長期のバイトは制服としてTシャツとエプロンと名札が渡されるんだけど、短期の人はエプロンだけ。紗代子は焦げ茶の長い髪を、名前知らないけどよくある板みたいなやつで頭の後ろでまとめてた。おれは女のやるそういう髪型が昔から好きだった。きっちり結んだりするんじゃなくて、適当に邪魔にならないようにしました、みたいな感じのが。

「良輔《りょうすけ》？　じゃありょうちゃんだ。あたし紗代子」

おれの名札を見て紗代子が最初に言ったのがそれだ。サヨちゃんとでも呼べってこと？　って思った。

紗代子はその後も馴れ馴れしくて、でも販売仕事は手慣れていた。おれと紗代子は相性がよかった。何も言わなくても予約確認と手渡しとおつり用意のコンビネーションがスムーズで、客が混んできてもぱぱっとフォーメーションを変えてオードブルや弁当を売りさばくことができた。仕事してる間はそのことだけに集中する。おれはいっぺんに色んなことを考えるのが苦手だ。で、ちょっと手が空いたときにも紗代子はいろいろ話しかけてきて、おれもちゃんと喋《しゃべ》った。他人のトシとかよくわかんないから、その時はまあ三十代くらいか？　って印象だった。

昼の二時すぎくらいになると一旦暇になって、あとは夜桜客用の仕込みを手伝ったり。あがりは六時。そんな早い時間に身体《からだ》空くの久しぶりだ、どうしようかなと思っていると、裏口出たところの従業員用喫煙所（灰皿置いてあるだけだけど）に紗代子がいた。

「りょうちゃんもあがり？」

「ああ、はあ、まあ」

「気ぃ抜けてんなあ。疲れてる？　この後ヒマ？」

「え、なんすか」

「これ一個買っちゃった。桜見に行こうよ」

紗代子の手にはその日売ったオードブルの中で一番小さい「ちょい飲みセット」（六百八十円）の入った袋があった。

それでまあ、コンビニで酒買って公園行って、飲んで、足りないから近くの居酒屋入って、飲んで、あれっこの人主婦とかじゃないんか？　とは思ったけど、二軒目出たとこで「りょうちゃんちで飲もうぜ」と言ってきたので、そういうことになった。

紗代子とはいろんなことを喋ってるんだけど、内容はいつも憶えてない。だけどずっと喋れる。おれそんな喋るの得意ではないけど、紗代子とは喋ったな。

そういうことを思い出しながらベストマッチで仕事してたら、なんかしんみりしてきてしまった。よく来る千円カットの横井《よこい》さんに「良輔今日暗いぞ！」とか言われてしまった。おれが暗いのは珍しいんだろうな。

しかしよく考えると、同居の息子も行方知らないって、けっこうやばいんじゃないのか。一ヵ月近く家空けるのに家族に言わないとか、あるのかな。ある家にはあんのか？　もやもやしながら閉店作業してたら店長が「冷めてっけど」ってオーダーミスで余ったハムカツ、パックでくれて、なんなんだと思ったらどうもいつの間にか、店のみんなの間でおれが失恋したことになってたらしかった。ちげーっすよと言いたかったけど、なんかちがくない気もしてきて、お礼言って貰《もら》った。

ハムカツぶら下げて家に帰る。食パンに挟んでハムカツパンにしようと思って途中でデイリー寄った。ここも何回か紗代子と来たことある。「デイリーは落ち着く」とか言ってた気がする。コンビニなんてどこも同じだと思う。

パン買って、アパート着いて、階段上がって。

「は」

「……どうも」

ドアの前にメガネがいた。昨日とたぶん同じ格好で、でかい紙袋でかいリュック。

「いや、なんでいんの」

おれはうんざりした。なんで紗代子はいないのにその息子がいるんだよ。

「こんばんは」

「こんばんはじゃないよ。なんなの。マジでストーカーかよ」

「あのですね」

メガネは片方の紙袋を地面に下ろしてメガネをくいっと上げた。

「泊めていただけませんか」

「は」

「お恥ずかしい話なんですが、行くところがなくて。それにこちらなら、母が顔を出す可能性が一番高いんじゃないかなと」

「いや待って、話見えん」

「お願いします！　他に行くところがないんです！」

メガネは急に大声を出した。すると隣のヤバジジイ家の中ががたがたと騒がしくなった。こっちに出てくるかもしれない。

「くそ、またこのパターンかよ！」

おれは急いで鍵出してドア開けて、メガネとその荷物を押し込み自分も部屋ん中飛び込んで鍵をかけた。

「あんまり、治安のいいアパートじゃないですね」

「うるせえな、あんたのせいだよ」

「連絡ありませんか、母から」

「ねえよ！」

壁がドンされる。


おれはどうしてメガネと向かい合ってハムカツを分け合っているのか、自分で自分のしていることがよく分からなかった。

「衣が油っぽいですね」

「なら食うな」

六枚切り食パン二枚にハムカツ挟んで、ソース掛けて食う。ベストマッチのハムカツはハムが分厚いタイプで、ハムのとんかつみたいな感じ。人気がある。本当はカラシも付けるとうまいんだ。キャベツの千切りあるともっといい。野菜は大事だ。じいちゃんもよく言っていた。でも今はカラシもキャベツも無く、衣より油っぽそうなメガネの顔を眼の前にしてもそもそ食うしかない。

こいつ、紗代子に似てるのか？　ぜんぜんわからん。親子とか、人の顔の似てる似てないっていまいちピンとこない。芸能人でも親子やきょうだいでやってるやついるけど、双子レベルじゃないと似てるなあとは感じない。

「母がふらっといなくなることはよくあるんです」

でかいガタイのくせに、やたらちまちま食いながらメガネが言う。

「一週間くらいならざらで……。帰ってくると仕事が変わってたり、その、付き合う人が替わってたり、いろいろなんですが、三週間以上というのはちょっと」

背中を丸めながら俯《うつむ》いてメガネが言う。知るかよ、とは言えなかった。だって紗代子のことだし。

「マジで行き先、ここしか思い当たらねえの」

「知る限り、今までの交際相手の家は訪ねてみたんですが、みなさんもう母との縁は切れているかだいぶ連絡を取っていないみたいで」

「……それもインスタから割り出したの」

「インスタですとか、僕に誤爆してきたＬＩＮＥですとか、まあ、いろいろですね」

「ていうか、あんた仕事とかは？」

「無職です！」

メガネは急に胸を張った。胸張るな、無職が。

「この通り六畳一間なんだよ。人泊める余裕なんてねえの。布団も無いし」

「母は泊まってたんじゃないんですか」

アホか、と言おうとして口を開けたけど声を出すのもばからしかった。おれの部屋には隅っこにパイプベッドが置いてあって、もちろん紗代子が来たときはシングルのそれにぎゅっと詰まって寝ていたのだ。

「ハムカツおごってやったんだからもう十分だろ。帰んなよ」

「帰れないんです」

「じゃ駅前にでかいネカフェあるからそこ行け」

「お金がないんです」

「ちょっとあんた、ふざけんなよ。おれはな」

もうこの際隣のジジイの突撃訪問を食らってもいい。こいつを追い出さないと。そう思って思いっきりでかい声を出そうとしたが。

「……ううっ、ぐっ、ぶぇぇええええ……」

その前に、メガネは俯いたままボロボロ泣きだしやがったのだった。


おれは布団にくるまりながらイライラしていた。明かりが気になる。電気消すぞと言ったら「一番小さい明かりを点けてないと寝られない」とぬかしやがったのだ。メガネが。めったに畳まないテーブルをわざわざ畳んで隅に寄せて作ったスペースに、メガネが転がっている。さっき言った通り予備の布団なんか無いから、畳に直だ。十分だろ。なぜか自分で持ってきてたタオルケットを掛けて、寝ている。

「すみません、ちょっといいですか」

「黙って寝ろ」

「お名前伺ってないなあと思って……」

「知ってどうすんだよ」

「呼ぶとき不便じゃないですか」

おれは布団をばさっとやって起き上がった。

「明日も居座るつもりか?!」

うっすら明るい中、床の上でメガネの身体が寝たままビンと硬直したのが見えた。

「あの、母が見つかるまで」

「絶っ対やめろ。絶対出てけ。始発と共に出てけ」

メガネは答えない。

「出てけよ」

おれは改めて念を押して、あとはしらんと思いまた布団を被《かぶ》って寝た。


で、目が覚めて、足元に転がって不気味ないびきをかいているでかい物体を見ている。それが何なのか気付いた瞬間足が蹴っ飛ばしていた。何度も言うけど、おれはキレやすいタイプじゃないんだ。普段はこんなことしない。

「ぼっ」

コンロを点火させるときみたいな変な音を出して、メガネが飛び起きた。

「……おはようございます」

「出てけ」

メガネは自分の目をごしごし擦ってから畳の上に置いてあったメガネをかけ、寝起き丸出しの顔でぼんやりしはじめた。そしていつの間にか勝手にうちのコンセントで充電していやがったスマホを手にする。

「今日は、母に会える気がするんです」

唐突にメガネはそう言った。

「そうか。じゃ出てってくれ」

「上野動物園って行ったことありますか」

おい、話がどっからどこに飛んだ？　おれはメガネを蹴っ飛ばしたままの足をぶらぶらさせながら首をひねった。

「何の話？」

「僕、今日、実は、誕生日なんです」

「だからなに」

「二十五歳なんです。節目なんです。ああ見えて母はそういうの、気にするほうなんですよ。五周年とか、十周年とか。好きなんです。二十歳の誕生日祝いもいつもより盛大でした。だから二十五歳の節目の誕生日、帰ってきてくれるんじゃないかと思って。四半世紀ですよ」

節目。そんなの気にしてたかな。思い出せない。おれが紗代子について知ってることって、ほんとうに少ない。

「じゃ、余計に自分ち帰ってたほうがいいんじゃないの」

「いえ、上野動物園です。なぜなら、五歳、十歳、十五歳と、僕は誕生日に上野動物園に連れていってもらっているので」

「二十歳んときは？」

「残念ながらインフルエンザで寝込んでしまい、どこにも行けませんでした……」

メガネは本当に残念そうに俯いた。動物園。二十歳過ぎても行って面白いのかな。おれ、最後に行ったのいつだ？　ぜんぜん記憶がない。

「きのう母にＬＩＮＥを送ってみたんです。『今日はあの場所で待ってます』って。パンダとケーキの絵文字も付けたんで、ピンと来てくれるとは思うんです。既読になってはいませんが……」

「既読にならないんじゃ意味ないじゃん」

「でも、通知でロック画面に表示されるぶんは読めますよね」

おれも寝起きで頭回んなくて、でもメガネの話聞いてるともやーっとしてイラついてくる。

「なんかー、悪いけどあんた、キツい！　よくわかんねえけど！」

「なんですか、キツいって」

「だから、よくわかんねえっつってんだろ。もういいから出てってくれよ。折角の休みをさあ」

「平日なのにお休みなんですか」

「シフト仕事はそうなの。無職にはわかんねえだろうけど」

「一緒に上野動物園に行きませんか」

「何？　なんの話⁇」

おれの声は情けなくひっくり返った。わけがわからなすぎる話してるとおれってこうなるのか。しらんかった。

「今日きっと、絶対、間違いなく、上野動物園に母は来てくれるはずなんです。一緒に行って、会いましょうよ。会いたくないですか」

電車に乗ったの久しぶりな気がする。普段ほかの街に用ないから。それはいいんだけど、おれはあと一駅で上野ってところまで来ても、自分のしてることにいまいち納得できてなかった。そりゃ、紗代子には会いたい。会って、めんどくさい目にあわせやがってくらいの文句は言いたい。けどそのために、よく知らんメガネと休みの日に電車乗って上野動物園に向かってるのが正しいことなのか、そこが、自分でもよく分からん。

メガネは当たり前みたいな顔しておれの隣に座り、でかい手で小さい切符をしっかりつまんで持っている。両手で。ごついケースのスマホを持ってるくせにモバイルＳｕｉｃａは入れてないし、移動は絶対紙の切符だとまた胸を張って言っていた。べつに好きにすりゃいいけどさあ、電車はともかくバスのときめんどくさくねえのかな。バス乗らんのか？

平日で、通勤時間も過ぎてるから電車は混んでいなかった。それでもでかい男とでかいリュックとでかい紙袋の組み合わせはかさばる。メガネは確実に、どんなに縮こまっても一・五人分くらいのスペースを使っていた。おれはなるべく他人のふりをしようとしていたが、何かとメガネが話しかけてくる。

「上野動物園、行ったことありますか」

「…………」

「出身は今住んでいるところと同じですか。遠足で東京行ったり、しましたか」

「…………」

「やっぱりお名前教えてください。呼びかけにくいので」

「…………」

がんばって目逸《そら》して黙って無視しているが、そうするとブツブツ、というにはでかいハッキリした声で一人で喋っているかさばる男が電車の中に発生することになって、なんだか周りの雰囲気がだんだん緊張してきた。

「……井杉《いすぎ》」

「いすぎさん。ちょっと珍しい名字ですね。下の名前は」

「教えねえし呼ばせねえ。もう黙ってろよ。もうすぐ着くし」

「一緒に行動しているのに、何も会話をしないのもおかしいじゃないですか」

本気で言ってんのか？　ってでかい声出しそうになって焦った。

「興味あるわけじゃねえけど、普段、どういう暮らししてんのあんた」

「家に居て……まあ、家に居ます」

「なんかのオタク？」

「なんかとは」

「しらんけど、ゲームとかアニメとかアイドルとか。そういうの部屋でガーッてやってんの？」

「そういう風に見えますか。どうしてですか」

おれはちょっと困った。オタクっぽいなあと思ったからオタク？　って訊いたけど、どうしてっつわれると、ハッキリとは答えられない。

「オタクだったらいいなあ、と思うことはたまにあります。楽しそうじゃないですか、あの人たち。でも僕はフィクションやアイドルに〝はまる〟って、よく分からないです。テレビとかで見てちょっと面白いと思うものはありますけど、それにあんな風に情熱を傾けられない。作り物なのに」

ふーんとなる。おれも〝はまる〟はよく分からない。趣味もとくに無いし。仕事して飯食えればそれでいいかなという感じだ。じいちゃんも、男は仕事して飯食えたらそれでいいっつってたし。でも、メガネの言う〝作り物〟が仕事の人らだっているよな。

「じゃ、家で何してんの」

「何も。家に居るだけです」

「それは、やばくない？」

「やばいとは」

「そりゃ、なんも……してないのはやばいんじゃないの。そんな、大人で健康そうなのにさ」

「健康優良で何もしていませんが、悪いこともしていませんよ。僕は家に居たいんです。家に居ること以外したくない。そのためにも母を探さないといけない」

すぱっと言われて、それはもう、なんだかドラマの主役みたいな、キメ台詞みたいなすぱっとさ加減で、おれはもうそれ以上、この、ただ家に居たいメガネに何も言えなくなってしまった。

上野駅はでかく、出口が分からず、おれとメガネはしばらく駅の中をうろうろし、それからやっと、動物園に一番近い出口に辿り着いた。ほっとしたが、考えてみるとメガネは何度も来てんじゃないのか？　なんで迷うんだよ。

「懐かしいなあ……」

しかしメガネはうんざりしてるおれの隣で、ＣＭみたいに風に吹かれて微笑んでるので、はったおしたくなる。

電車下りてから思った以上に歩いて、やっと「上野動物園」という赤い文字が並んでいる入り口ゲートまで辿り着いた。こんなド平日でも二十人くらいチケット売り場に並んでて、子供連れが多い。連れてるのはだいたい母親っぽくて、父親もセットでいるのは外国の観光客っぽい人らだ。

入場料が凄《すご》く高かったら嫌だ、帰ろう、と思ったけど、大人六百円だった。だいぶ前にＵＳ

J行こうってそんときの彼女に誘われて調べたら入場料がばかみたいに高くて、そのことで喧《けん》嘩《か》して、そのうち関係ない話まで喧嘩になって、結局別れてしまったのを思い出す。六百円なら、まあ納得だ。

「六百円か……けっこうしますね」

でもメガネがそんなことを言うのでぎょっとしてしまう。

「おい、六百円くらいは持ってんだろうな」

「ありますが、それを出すともう帰りの交通費以外十円の余裕もありませんね」

一円じゃなくて十円っていうのが生々しい。勝手にしろと思って、おれはおれの分だけのチケットを買った。

ゲートをくぐると、そこは思ったより地味な空間だった。アスファルトの広場のような道のようなでかい空間があって、木が生えてて、でかい公衆トイレがある。本当に巨大化しただけのただの公園みたいだ。ガキんとき確かに動物園に行った記憶はあるけど、ここじゃないのは確実だ。そして中に何歩か入っただけなのに、もうにおいが違った。動物のにおいなのか、これ。普段あんまり嗅がないタイプのやつだ。正直に言うと、臭かった。

「懐かしいなあ……」

いつの間にか横に立っていたメガネが、またうっとりした感じになっている。

「そんで、こっからどうすんの。どこ行ったら紗代子がいるわけ？」

「まずは焦らず園内を回りましょう。ほら、案内図がありますよ」

メガネは細長いパンフレットを手にして楽しそうに広げた。遊びに来てんじゃねえんだぞと思ったけど、じゃあ何しに来てるのかって、それもちょっと分からない。

もうおれは何か言うのも自分からするのもめんどくさくて、大荷物抱えたままパンフ広げてちまちま歩きだしたメガネの後をやる気なくついていくことにした。中に入ったらもうすぐ眼の前にゾウとかキリンとかがばーんと居ると思ってたんだけど、そうではなく、なぜかただの公園が続く。六百円だから？

しかしそのまま歩いてたらいきなり目の前に、金ピカのでかい神輿みたいな物体が現れて、おれは思わず「なんだこれ」と声に出して言ってしまった。地味な公園にいきなりの神輿。

「えーと、タイの代表的建築物『サーラータイ』だそうです。日タイの修好百二十周年を迎えた記念の贈呈、らしいですね」

「なんでこんなとこにあんの？」

「タイから贈られたからじゃないでしょうか」

メガネは突然のぴかぴかタイ神輿にはまったく驚いていないようで、そのまま歩き過ぎていく。

他に歩いてる人もそんなにいなくて、BGMもなくて、動物園の中は静かだった。もっと明るい、テンション上がる場所じゃなかったか？　おれが行った動物園がそうだったのか、だいたい誰といつ行ったのかもよく憶えてないけど。

少し歩くと、登り坂の細い道になって、左右にでかい檻が現れた。一面に金網が張ってある。中に居るのは、鳥だった。

近付く。このにおいなら近いやつを知っている。鶏糞だ。鳥小屋のにおいだ。中には白いフクロウが居て、首を不気味にぐりぐり動かしている。こいつら、顔が鳥っぽくなくて面白いな。少し進むと、もっとでかい鳥たちが、檻の中の木の枝に止まっているのが見えた。

でかい檻、と最初思ったけど、中に鳥が入っていると、そこはものすごく狭く小さく見えた。だって、鳥だぜ。普通ならなんもない空をブーンと飛んでるやつらだ。「コンドル」という札が付いている。「コンドルは飛んでいく」って曲、小学校のとき音楽でやった。リコーダー。苦手だったな。

生のコンドルは、高いブランドもんのダウンコート着てるいかつい先輩みたいな雰囲気で、でかく、かなりでかく、じっとしていた。おれは見ているうちになぜかだんだん嫌な気分になってきた。

メガネはまるでしっかりした行き先があるみたいに、どんどん先を歩いていく。もう置いて帰ろうかなと一瞬思ったけど、六百円分の動物を見た感じがしないので、おれも先に進む。

少し行くと、虎のコーナーがあった。虎！　さすがにそれはテンションが上がる。ガラス張りになっている部分から中を覗《のぞ》き込むが、なかなか見つからない。でもちょっと移動すると、いた。

虎は、マッチョだった。それもかなり仕上がっている、体脂肪率一ケタ、大会直前って感じのビキビキの身体をしていた。オレンジと黒の柄がしぶい。縞というか、トライバルのタトゥーみたいだ。池のそばをうろうろ、何度も何度も行ったり来たりしている。不安になるくらい、何度も行ったり来たりしている。

「虎だ」

すぐ近くにメガネがいた。ガラスに手をついて、鼻の頭もくっつけそうな勢いで中を見ている。

「上野動物園の虎はスマトラトラといって、虎の中でも小さい種類なんだそうです」

「あれで小さいのかよ」

虎は、ものすごくでかい猫だった。うちの近所の公園でもたまに猫を見るけど、あれがこの大きさだったらとんでもないだろうなと思う。ベンチからはみ出す。膝にも乗せられない。

「井杉さんは、ペット飼ったことありますか」

「ない」

じいちゃんが絶対だめだと言ったからだ。おれも子どものころは犬とか猫とか飼いたかった。じいちゃんもばあちゃんも動物番組は好きでよく見ていた。でも、家で飼うのは絶対だめだと繰り返し言われた。

「うちもないです。祖母が動物アレルギーで、たとえミミズやカブトムシでも家に入れることまかりならん、と言っていたので。まあ、経済的な余裕も理由のひとつだと思いますが」

まあそれは、うちもそうだったのかもしれない。動物、病院代バカ高いらしいし。

それからゴリラコーナーに移動し、どうしてもゴリラが見つからず、その先にあった建物になっている小さめの鳥コーナーに入りまた妙に嫌な気分になり、そこを抜けると、まただだっ広い空間が現れた。

オレンジ色のテントの下に椅子とテーブルが並べてあり、自販機もある。休憩所だ。今日はそこそこ暑くて、喉が渇いたのでコーラを買う。それを後ろでメガネがじっと見ていたので、すげえ嫌だったけど、そのままじっと見られてるのはもっと嫌だったので、一本おごった。意外にも麦茶を選んだ。

適当な日陰の椅子に座る。当たり前のようにメガネも同じテーブルにつく。

「見つかんねえじゃん、紗代子。ていうか、最初から迷子呼び出しみたいな放送かけてもらえばよかったんじゃねえの？」

げっぷしながらうんざりして言う。

この休憩所の先にも動物園は続いているらしく、いろんな人らが通り過ぎていく。親子連れ家族連れが多いけど、一人っぽい人とか、平日なのに中学生くらいの二人連れもけっこう見る。みんなやっぱりテンションはそんなに高くなく、かといって暗い感じでもなく、まったりしている。動物園全体の空気が、そんな感じだった。あんま綺麗じゃなくて、地味で、「本日の展示は中止しております」って看板出てる檻も多いし、若干退屈である。

「僕の年齢から分かると思いますが、母は若くして結婚しまして。そして、若くして離婚しまして」

メガネが急に口を開いた。落ち着いた感じで言う。

「その最初の結婚相手が僕の父親で、二歳くらいまでは一緒に暮らしていたらしいのですが、記憶はありません。そのときは東京にいたそうですが、離婚以降は母の実家である現住居で暮らしています」

「……あっそ」

話の続きがあるのかと思って相槌《あいづち》だけ打ってやって口を閉じたけど、ぜんぜんその先を喋らない。

「で⁉」

「で、とは」

「そっからどうしたんだよ」

「どうもしません。今に至ります」

「なんなんだよ、もう」

おれはまたコーラ飲んでげっぷする。

ベビーカー押してる集団が通り過ぎる。あんな、赤ん坊くらいのちっちゃいのに動物見せても分かるのかな、憶えてんのかな。おれなら絶対忘れる。憶えてないのに、忘れるのに見せるのって、意味あるのかな。おれも憶えてねえだけで、今憶えてるよりもっと昔に、こういうとこ連れてこられてたのかな。

「ちょっと、近いかもしれん。おれ、じいちゃんとばあちゃんに育てられたし」

言いながら、これ、あんま人に言ったことないな、たぶん紗代子にも言ってないなと気がつく。

「や、ちゃんと育ててもらったし、高校行かしてくれたし二人ともぜんぜん元気だし、いらねーっつってんのにまだ米とか缶詰送ってくるし、正月には帰るし、おれの実家ってそこしかないのは絶対なんだけど、でも直の親のことってぜんぜんしらん。両方とも」

メガネはなぜか、唇をまくりあげて眉を八の字にした変な顔でおれを見ていた。

「それでいじめとかもなかったし、似たような家のやつ学年に何人かいたし、それはマジ別にいいんだけど、たまに……夏休みとか正月に、通りもん持ってくるお姉ちゃんがいたんだよな」

「博多通りもんですか。銘菓の」

「そう。だから博多のねーちゃんって呼んでた。博多のねーちゃん、たまにしか会えないけど、会うとすげー遊んでくれて、小遣いくれて、めっちゃいい匂いして、めっちゃ好きだった。いつの間にか来なくなっちゃったけど、今思うとあれたぶん、母親なんだよな。たぶん。おそらく。じいちゃんもばあちゃんも、そこに関してはなんも言わなかったけど。今も言わんけど」

メガネは八の字眉で唇をチンパンジーみたいにまくったまま、悲しそうな目でおれを見た。

「……大変だったんですね」

「大変って、何が」

「いやあ、大変……じゃなかったですか？」

「おれ、大変だったの？」

「それは僕からはなんとも」

「わっかんね……」

そこはほんとにわからん。今元気だし。親いたらもっと元気だったのか？　おれは、同情するとかじゃないけど、なんとなくメガネのほうが大変だったんじゃねえのと思った。でも、母ちゃんだけとはいえ、そしてそれが紗代子とはいえ、直の親が居るのは、そっちのほうが楽だったのか？　考えてもぜんぜん分からなかった。

「それで、どうすんだよ。どこに行けばいるんだよあいつは」

「それはもちろん、パンダですよ。ここから十分ほど歩いた西園の『パンダのもり』でしょう。上野動物園と言ったらパンダ、パンダと言ったら上野動物園ですよ」

まだ歩くのかよ。本当に嫌だったけど、空になったペットボトルをゴミ箱に捨てて、立ち上がった。とにかく紗代子に会わなきゃいけないから。

「母は、パンダを見る時一番楽しそうにしていました」

「ふーん」

「こんな変な生き物他にいないって。どの動物よりじっくり見ていました。変だから好きなんだと言っていました。だから今日も、きっとパンダのコーナーにいるはずなんです」

それから長い、マジでただの山ん中の道みたいなところをダラダラ歩いて、そうしたらどこからかうっすら音楽が聞こえてきて、さらに歩くとまたいきなり拓《ひら》けた場所に出た。

おれはいつの間にかかなりの高台に居て、足元には真緑の草原……草原という感じではないが、とにかく植物がみっしりしているめちゃくちゃ広いスペースがあり、その向こうに高層ビルがばんばん建っていた。またベンチやテーブルや、小さい屋台や土産物屋みたいなものがいろいろあって、人が多い。東よりだいぶ賑《にぎ》わっている。

「不忍池《しのばずのいけ》ですよ」

坂道がきつかったのか、メガネがぜえぜえ言いながら指さした。緑のスペースを。

「池ではないじゃん」

「あれ全部、蓮です。あの下、水なんです」

それはちょっと怖いと思った。もし草だと思って踏み出したら池に落ちるのか。

「それで、パンダはどこに」

いるんだ、と言おうとしたら、割れたマイクのアナウンスが鳴りはじめた。お客様に、お知らせです、本日の、ジャイアントパンダの、展示は、都合により、ただいまのお時間で、しめきらせていただきます。繰り返します、本日の、ジャイアントパンダの、展示は……。

それから、おれは暑そうな場所で集団で突っ立っている囲いの中のペンギンを見ながらアメリカンドッグを食った。それはおごらなかった。ペンギンは、近くで見るとけっこう不気味だ。念のため場内アナウンスで紗代子を呼んでもらった。来なかった。居なかった。待ってる間、メガネはなんにも喋らなかった。そして適当に出た出口から駅がめちゃくちゃ遠いのに気付いて、半分キレながら苦労して上野駅まで辿り着いた。メガネは黙ってついてきた。同じ電車乗って、おれはいつもの駅で下りた。メガネは下りなかった。紗代子んち、まだこの先なんだ。これも初めて知ったことだ。

あいつだって、ほんとは今日紗代子は動物園に来ないことなんて、分かってたのかもしれない。でも来るほうに賭けたんだろう。二十五歳、〝節目〟の誕生日に紗代子に会えることに。賭けに負けて……それからどうするのかは、おれの知ったことではないのだけれど。

しかし、十分後、おれは自分の部屋のドアの前に立っている紗代子を発見してしまった。

「りょうちゃん、おかえりー」

「お、お前、マジお前」

言葉が出なかった。紗代子はせいぜい部活の遠征で使うくらいのボストンバッグ一個持って、普通の顔しておれにひらひら手を振っていた。

「なんで。いや、なんでじゃなくてどこに。いやなんで？　わかんね、ああもう、どこ行ってたんだよ！」

「大阪！」

「大阪？　なんで？」

「なんでってことはないんだけどさあ。リフレッシュ的な」

紗代子はふつうだ。ふつうの顔をしている。言いたいことが百個くらい浮かんできた。気がしたけど、気がしただけで、何を言ったらいいのかおれは分からなくなってしまった。喋るのは苦手なんだよ。

「もしかして心配してくれてた？　いやー、だってしばらく帰らないって言ったじゃん」

言ったが。言ったが、それで済まなかったからこうなったわけで。

「ＬＩＮＥに返信くらいしろよ……」

なんとか言えたのはそれくらいだった。腹の力が抜ける。

「それは悪かったけど、こう、スカーッと空っぽにしたかったんだよね。リヤットというか。リセットではないな。一時的にね、あとで戻すけど一旦カラにしたかった」

「そんな、パチのドル箱みたいに簡単に言うなよ。むちゃくちゃだろ」

「うーん、すまん」

「息子がうち来たんだぞ。紗代子の、息子」

「えっマジか！　拓己が？　そりゃ悪かったね。なんか言ってた？」

紗代子はやべえという顔すらしなかった。隠すつもりがなかったのも、それで分かった。おれがなんにも訊かなかっただけだ。

「……心配してた。かなり。あと誕生日だからって会いたがってた」

簡単に言うとそういうことでいいだろう。動物園のこととか、インスタストーカーのこととか、最初から説明しようとしたらもう頭が爆発する。紗代子はおでこに手を当てて、マジかーとまた言った。

「つってもよ？　息子ったたって二十……五か。二十五のりっぱな大人の男だぜ。いまさらカーチャンからお祝いもないんじゃない？」

けろっと言う。紗代子にはあいつが立派な大人の男に見えてるのか、とちょっと思ったけど、いや失礼なやつだこれ、っていうのも思った。

「いや、関係ないんじゃないの。年とか」

「そお？」

紗代子は首をかしげる。よく見るとなぜか三週間前より日に焼けてる。

「お祝いは、してやんなよ」

これは本気で思った。祝いたくない理由でもあるならアレだけど、そうでないなら、祝ってやってくれよ。たぶん三千円もない所持金で賭けに出るくらい、それ、あのメガネにとってはだいじなことっぽいから。

「そっか。まあそうだね。りょうちゃん優しいなあ」

紗代子はぎゅっとおれに抱きついてくる。髪をまとめてる板みたいなやつがおれの顎に当たる。紗代子の匂いもする。いい匂いだけど、当たり前に他の誰とも違う匂いだ。しっかり吸い込む。おれ、やっぱり紗代子のこと、アレなのか？　アレっていうか……。

「りょうちゃーん、あたし大阪引っ越すわ。仕事も決めてきちゃった」

「え」

びっくりして、紗代子を抱きしめようとした手が途中で止まってしまった。

「一回さー、関西ってしっかり住んでみたかったんだよね。考えてみるとずーっと東日本だったから。骨の髄まで関東に染まりきっててさ、もう、飽きた！　関東！　そう思ったらさー、観光はともかく関西、住むとなったら海外移住くらいぜんぜん違うんじゃね？　って思って、ワクワクが止まらなくてさあ」

「海外……」

おれは地理に弱いが、大阪が海外ではないのは分かる。地続きだ。新幹線で行ける。新幹線、海渡らない。渡らないよな？

「餅が丸いんだぜ。あとほんとにマックをマクドっつってた。異世界だ」

「ど……どれくらいいるの。もうこっち帰ってこねえの？」

「わかんない。飽きるまでかな」

紗代子にわからないのなら、おれにもわからない。そしてそれはなんとなく、短い時間じゃない気がする。もうこれで終わるのかと思うと、すごい変な気分になってきた。そんなことぜんぜん、予想してなかったから。

「りょうちゃんも来る？」

「ええ？」

そういうのもアリなのか？　おれは二度びっくりして紗代子の顔を見たが、そして、「アリか？」ってちょっと考えたが、しかし、今まだ契約社員だけど仕事はあるし、大阪、なんにも知らなすぎる。知り合いも何も誰もいない。じいちゃんばあちゃんからも離れすぎる。

おれは長い間考えた。いや、そんなに長くはなかったかもしれない。とにかく考えた。そして、紗代子を抱きしめる。

「紗代子、一回やらして」

「なんだよ、溜《た》まっちゃった？　いいよ、久しぶりだしやろうやろう。でも終わったら家帰るよお、ケーキかなんか買って帰ってやんないと」

部屋の鍵開けて、喋り続ける紗代子をぐいぐいベッドに引っ張ってって、久しぶりにやれるのは嬉しいけど、腕とか首の後ろとか喉の中が急にヒリヒリしてくる。このヒリヒリは、今までに何度か感じたことがある。おれはもしかして、悲しいのかもしれない。おれはぜんぜん紗代子のことを知らないが、今紗代子とやりたいし、終わったらきっと紗代子は、この部屋に干しっぱなしのパンツも持って大阪に行ってしまう。そのことにすごく、ヒリヒリした。

やはりメガネの道案内はうまくなかった。何度か来てるっつってたのに、完全に道に迷ってる気がする。

「ほら、あれが有名なグリコの看板ですよ」

「観光案内はいらねえんだよ。どこなんだよ店は」

いま紗代子が働いているというカレー屋を、もう三十分近く探し回っている。本人に連絡しようとしたが今まさに仕事中らしく、ＬＩＮＥも電話もなんにも反応しない。

今、紗代子は一人で大阪に暮らしている。メガネはあんま仲良くないらしいばあちゃんと今まで通りの家で暮らしている。おれは変わらずベストマッチで働いている。そんで今日初めて、大阪の紗代子に会いに来た。それを、その計画を、自分でもやめればよかったと思うが、ついメガネに伝えてしまったのだ。

もう秋のはずなのに、大阪は暑い。やっぱりちょっと南なんだな。これはカレー屋も忙しいだろう。上野とか池袋より人が多い気がする。

「井杉さん、もうこっちでたこ焼き食べちゃいましたか？　僕はもうこれぞという店を何軒か見つけました。あとで行きましょう」

「いいよ、あんまり好きじゃねえしたこ焼き」

「それ、大きい声で言ったら大変なことになりますよ」

「あー、カレー食いたい。カレー屋どこなんだよっての」

今日はリュックだけのメガネの背中にエルボー入れる。軽く。

おれにだっておれの気持ちはあるのだ。いつか大阪に住みたいと思ったらそうするし、今みたいに遊びに通うくらいでいいと思ったらそうする。どっちにしろ、まだ紗代子のことはよく知らない。知らないけれど、紗代子に会いたいと思った。それだけは今日、なんとか伝えようと思う。

◀◀（リワインド）

「巻き戻すって、何を巻くの？」

そう言われてはっとした、四十歳の冬。私は娘の杏《あん》とコタツに入り、『Hawaii Five-0』の最終シーズンを一緒に観《み》ていたところだった。

途中で職場から電話が入ったので一旦台所に行って十分くらい話して、それから茶の間に戻って言ったのだ。ちょっと巻き戻してよ、と。そしたら返ってきたのが先の言葉だ。

「ビデオテープを巻いて、戻すの。昔はドラマも映画もテープだったから」

空中で指をくるくる回したが、杏は自分から質問してきたくせにふうんと言ったきり画面に集中している。そういえば今映っているこの映像も、ビデオどころかＤＶＤですらない。私も杏も、数年前からもうずっと、ネット配信サービスでドラマや映画を観るようになっている。

テレビをネットに接続してYouTubeだのNetflixだのを観るのも、もうすっかり日常だ。最近は母さんが居るとき以外は地上波なんてろくに見ていない。昔契約していた衛星放送ももうとっくに解約してる。月に千円かそこらのサブスクで、観きれないくらいの映画とドラマとアニメとドキュメンタリーが自宅から出ずに鑑賞できる。昔の環境を考えると、まるで夢みたいだ。

「前はもっといっぱいレンタルビデオ屋があったんだよね。TSUTAYAとかゲオだけじゃなくて、個人商店みたいなやつが。お母さんも昔そういうとこでバイトしてたんだよ」

喋《しゃべ》り続けると、杏はちょっとうるさそうに眉間に皺《しわ》を寄せた。中学生になってからますます気難しくなったみたいで、なんてことない世間話をするのでもちょっと緊張してしまう。自分の子供にビクつくなんて情けないけど。

杏はここのところすっかり海外ドラマにハマっていて、学校が休みの土日は家にこもりきりでマラソン鑑賞をしている。それでこの前つい、たまには外で誰かと遊んできたらと言ってしまい、見事にキレられた。でも引っ越してそろそろ一年になるのに友達の影も見えないのは、やっぱり心配になる。

杏の顔かたちは私とあまり似ていない。でも、内向的で気難しいところはこっちに似てしまったのかもしれない。考えてみれば、中学生くらいのとき、私はたぶんもっと面倒くさい子供だった。友達もあんまりいなかった。こんな風に親と一緒にコタツでドラマを観てくれるだけ、ましなのかもしれない。

杏は好物の都《みやこ》こんぶをくわえながら、スティーブとダノの活躍をじっと見つめている。アクションあり事件ありの痛快系ドラマが好きみたいで、ロマンスやファンタジーは毛嫌いしているふしがある。ある意味で中学生らしいと思うけど、やっぱり友達はできにくいよな、そういう趣味の女の子は、と思う。

コタツ布団の上で寝そべっていたマツが耳をぴんと跳ね上げ、わふっと一回鳴いた。母さんが帰ってきたみたいだ。それを見ると杏はコタツからさっと出て、無言で二階の自分の部屋に駆け上がっていってしまった。

「ただーいま」

興奮して足元にまとわりつくマツをダンスのステップみたいな足取りでかわしながら、ダウンコートを着たままの母さんが茶の間に入ってくる。六十代の半ばを過ぎても、近所のスーパーマーケットで週五で働いている。両手に下げたエコバッグからは、甘辛いお惣菜の匂いが漂っている。

「あー、あったかい。ちょっと、あたしにもお茶ちょうだい」

コタツの横にどんと置いてある、電気ポットとお茶っ葉と急須とお菓子と、あといろいろ、綿棒とか薬とか爪切りとかリモコンとかティッシュとかを全部収納できる日本直販で買った大きな台を手繰り寄せ、母さんのためにお茶を淹れる。

「もー今日は参ったわ。参った参った。またヒグチさんがさあ、バックヤードに普通の顔して座ってるのよ。どういうことなの？　ってさ、みんなでビックリしちゃったよほんと。あのひと三月《みつき》も前に辞めたのよ。なのにほとんど毎日店に来て、休憩しにくる人捕まえてはダラダラおしゃべりしてんの。どういう神経してんのかしらね。辞めたときだってさ、けっこうゴタゴタしたのよ。なんせ急だったでしょ。家の事情があるとかなんとかで。でもそんなのゴマカシだってみんな知ってんのよね。レジから鮮魚に回されたのが気に食わなかったのよ。魚の目がイヤ、魚の目がイヤってしきりにぶつぶつ言ってたもの。あんた、ねえ、十和《とわ》やハタチの娘っこじゃないんだからさ。四十年も主婦やってて魚の目がイヤもなにもないじゃない？　それでさーんざん、社員の人にも迷惑かけてさ。急に人が抜けるんだもん。こんな田舎ですぐパートなんて補充できないし。大迷惑よ、大迷惑。それでよ？　そのくせ平気な顔してバックヤードでお茶飲んでるんだもん。当然お湯とかゴミ箱とか勝手に使ってんのよ。ほーんとビックリ……」

淀みなく流れる母さんの話を、無言で頷《うなず》いたり、ン、と小さく相槌《あいづち》を打って聞き流す。私が本当に傾聴しているかどうかは関係ない。とにかく喋りたいのだ。それを聞いているタンパク質の塊があればいいのだ。私がこの家に帰ってくるまでは、マツが聞き役だったんだろう。

昔は私も杏と同じように、母さんのこの果てのないおしゃべりというか愚痴というか、聞いたところでどうしようもない長広舌《ちょうこうぜつ》が始まると自分の部屋に逃げ帰っていた。それをすると母さんは怒る。私はますます母さんの話を聞くのが嫌になって、逃げる。逃げて、逃げて、この家から、町から、県から逃げて、そうして辿り着いて自分の巣をこさえた場所から、また、逃げてきた。

杏がつけっぱなしにしていった、もう筋が分からなくなってしまったドラマの画面を見ながら、私にはもうどこにも逃げるところは無いな、と思う。

お惣菜と味噌汁とご飯で夕飯にして三人で黙々と（母さんは喋り続けている）食べて、後片付けをする。台所の床の冷たさが、冬用のスリッパと靴下を突き抜けて沁みてくる。この家も本当ならもうリフォームとか、なんなら建て替えも考えなきゃいけない状態だ。お風呂場もトイレも寒くてヒートショックが心配だし、廊下はへこむ箇所がある。ここ数日で急に気温が下がって、隙間風の存在を鋭く感じるようになった。けど、母さんにも私にもそんなまとまったお金はない。杏の教育費だってこれからどんどんかかる。進路をどうするのか分からないけど、大学に行きたいと言うのならなんとか行かしてやりたい。

洗い物をする手が一瞬止まる。私を進学させるのも、今思えばかなりぎりぎりだったんだろうな、この家は。とにかく東京の大学に行くことしか頭になくて、そんなことぜんぜん考えていなかった。進学だって、何か勉強したいことがあったわけじゃなく、ひたすら東京で暮らしたいだけだった。実際、今は大学で学んだことなんて何の関係もない、手取り二十万円にも届かない仕事で生活している。

（どこで間違えたのかな？）

と思って、自分が今この状況を「間違い」と思っているのを自覚してしまって、さすがに落ち込み、小さく呻《うめ》いた。間違い……なんかじゃないだろう。それは違う。じゃないと、その間違いに巻き込んじゃった杏はどうなんのよ。これだって選択だ。少なくとも離婚は絶対にしてよかった。

「何よ、ため息なんてついて」

いつの間にか母さんが台所に居て、菓子盆にみかんを補充していた。

「……急に寒くなったな、と思って」

「湯たんぽ使いなさいよ。物置にあるから」

「どっちの？」

「お父さんのほう」

私は適当に頷いて、皿洗いを続ける。母さんは茶の間に戻る。

洗い物を終えたあと、だいぶ久しぶりに、父さんの部屋だった和室に入った。ほぼ物置になっていて、壊れた家電や引っ越してきたときの私たちの荷物が積まれっぱなしになっている。父さんの位牌が置かれた仏壇も、そんな邪魔物と同じように隅っこに押し込められている。母さんは元からそういうことに頓着のないタイプだけど、うるさ型の父さんが死んでからは仏さんに線香をあげたり墓参りをしたりという行事も一切やらなくなった。

母さんは私が杏と実家に戻ってくることに特に何も言わなかったし、今も何も言われてないけど、それが寛容とか理解とかいう気持ちから来てるものじゃないのは分かっていた。興味が薄いのだ。放任主義といえば聞こえはいいけど、基本的に、自分のことしか関心がない人だ。子供ながら杏もそれは感じてるんだろう。未だに二人とも互いに打ち解けた様子は見せていない。でもそういう、身内の感情の機微というものにあまり関心のない母さんの性質が、今となってはありがたい気すらしてくる。

前の家から掻き集めるみたいにして持ってきた私の荷物も、だいぶ埃を被《かぶ》っている。詰めてるときはとても大事な物に思えてたのに、封すら解いてない段ボール箱がいくつもある。

一番上に積んであった『映画』とマジックで殴り書きしてある箱のガムテープが剝がれかけていた。なんとはなしに開けると、きっちりと詰め込まれたDVDが出てきた。『アメリ』のプレミアム・エディション、『スモーク』や『エンパイア　レコード』のDVD、『キューティ・ブロンド』のパンフレット、クリス・カニンガムのMV集。当たり前だけどちょっと古い、懐かしい作品ばかり。

どれも確かに思い入れのある作品なのに、あの経堂《きょうどう》のマンションでは結局一回も再生しなかった。家族三人で映画館に出かけた記憶もない。杏を妊娠しているときは、いつかそんなお出かけをするのが当然の未来と思っていたのに。

そのままごそごそと箱を漁《あさ》ると、底の方に大きなパッケージが埋もれていた。ＤＶＤでもブルーレイでもない、ＶＨＳテープの箱。ケースの裏と表に『¥５００』というシールが貼ってある。レンタル落ちの中古ビデオだ。ビデオテープはそれ一本だけだった。昔ものすごくヒットして、続編も作られたＳＦアクション映画。バイトしてたレンタルビデオ屋でも棚をひとつ埋め尽くすくらい入荷して、ブームが落ち着いたら大量にワゴンで投げ売りされた。それを買った……んだっけ。

部屋の中を見回すと、仏壇の横に14インチのブラウン管テレビが置いてあった。上の兄が昔買ってもらった、ビデオデッキと一体型になっているやつ。

そのまま少し、ぼんやり突っ立ってから、私はそのテレビデオのコードをコンセントに挿して電源を入れてみた。動く。パッケージからビデオを取り出す。中のテープは半分くらいの位置で、巻き戻されていないままの状態だった。

なんでこの、特に好きというわけでもない映画のＶＨＳ、持ってるんだっけ。

デッキに挿し込む。長い長い起動音を立ててから、テープが再生された。デジタルにすっかり慣れた眼にはひどくガビガビに見える画質。テープは映画の途中から再生された。こういう古いビデオって今見ると他の作品の予告編が一番楽しかったりするんだよな、と思って、一旦停止して、巻き戻しボタンを押す。

「Breakdown、わかります？　Kurt Russell出てる。ありますか？」

天上から降ってくるように大音量で鳴り響く音楽。目の前に立っている外国人の男女。

「聞こえてます？　だいじょうぶ？」

眼鏡《めがね》をかけた男のほうが、ぎゅっと眉をひそめて身を乗り出してくる。瞬《まばた》きする。二回、三回。鳴っている音楽はモーニング娘。の『恋のダンスサイト』だ。私は白いカウンターの前に立っていて、すぐ手元にレジがある。液晶画面には「2000/03/26」の日付が表示されていた。強い蛍光灯の明かりに照らされている、ビデオ棚。たくさんの、ビデオが詰まっている棚。

知っている風景だった。これは、レンタルビデオ店だ。大学生のときにバイトしてた『VIDEOレンタル　ペガサス』の店の中だ。

夢だな、と思った。随分生々しくてリアリティがあるけど、夢を見てるんだ。

「少々お待ちくださーい」

すぐ横から、いきなり間延びした声が聞こえて、私はぐいっと強い力で押しのけられた。触られた感触がある。押された痛みも感じる。これはきっと、私が寝てる間にまたマツが勝手に部屋に入ってきて布団の上に乗ってるんだろう。でも、ここまで分かっているのに目が覚めない。どうして。

「こちらでよろしかったですかー」

小柄な若い女の子が、『ブレーキ・ダウン』と書かれたビデオのパッケージを二人に見せている。前髪ぱっつんで不自然なくらい真っ黒い量の多い髪。色白でちょっと太めで、マシュマロみたいな印象の子だ。エプロンの胸に「宮城野《みやぎの》」と手書きされた名札が付いている。慌てて自分の胸元を見ると、そこにはやはり私の旧姓が、私の字で書かれた、小さな名札が付いていた。

外国人カップルが笑顔で頷いて、「宮城野」さんはそのまま流れるような速さでレジ打ちをした。

「ありがとうございましたー」

語尾が跳ね上がるイントネーション、アニメの声優みたいな声。「宮城野」さんは二人が店

の外に出ていくと、くるっとこっちを振り返って、

「困りますよねェ、原題で言われちゃうと！　たまたまあたしが知ってたからよかったですけどー」

と言った。得意そうなドヤ顔を隠しきれないその表情を見て、私は一気に彼女のことを思い出した。よくシフトが被った宮城野……たしか、未来子《みきこ》、だ。面白い名前だったから覚えてる。別に悪い子じゃないけど、マニアックな映画知識でなにかとマウントをとってきて、ちょっとうざったかったのを思い出す。黒いネイルしてきて店長に怒られたり、急に思わせぶりに包帯を腕に巻いて出勤してきたりとか……いわゆるちょっと「イタい」タイプの子。

「最近外国人のお客さん増えましたよねえ。あたしがいるときならいいけど、店長だけのときとか対応できてるのかな？　店長映画ぜんぜん詳しくないじゃないですか。ちょーやばくないですか」

うわっ、生の「ちょー」久しぶりに聞いた。そうだ、この頃は何にでも超がついていた。私も気を抜くと今でも超ナントカとか言ってしまう。

改めて、周りをぼんやりと眺めた。明晰夢《めいせきむ》って、聞いたことある。自分で夢だと理解しながら見る夢。これはたぶんそれ。初めて経験したけど変な気分だ。こんなにしっかり夢だと分かっているのに、ぜんぜん目が覚めない……。

店内のＢＧＭはいつの間にかドラゴンアッシュの『Grateful Days』に変わっていた。懐かしすぎる。出入り口の自動ドア横にはピンク色のキャミワンピを着たキャメロン・ディアスのポスターが貼ってあった。『メリーに首ったけ』だ。懐かしすぎる。自分の腕を見ると、水色のBaby-Gを着けている。懐かしすぎる。確実に、これは私が大学生のときにバイトしていた『ペガサス』の店内だ。こんな細かいところまで覚えてるなんて。最近、昨日の夜に何食べたかを思い出すのにも苦労してるのに。

自動ドアの向こうに見える街の風景も、完璧に見覚えがある。もう外は夕暮れている。すると、高校生くらいの男の子が店内に入ってきた。その子の顔にもやっぱり見覚えがある。ていうか腰パンだ。茶髪ロン毛だ。懐かしすぎる。いっぱいいたなあーこういう男子。

「どもっス」

ロン毛の男の子は私の方を見て片手をあげた。

「あ、ユウヤだ！　え、今日早いじゃん。どうしたの？」

宮城野さんがその場で漫画みたいに小さくぴょんと跳ねる。

「や、なんもねーけど」

ユウヤと呼ばれた男の子は表情を変えないまま、私をまたちらっと見てバックヤードの方に歩いていった。そうだ、夜シフトによくいた男の子だ。会話した記憶はあんまりないけど、こんなフランクに挨拶するような間柄だったっけ。夢だとその辺りは適当になるのかな。

宮城野さんは明らかにそわそわして、壁に掛かっている時計とバックヤードのドアを交互に見ている。確か、私たちは十時から十八時までのシフトだった。時計は十七時四十五分あたりを指している。

「晴子《はるこ》さんてー、今日でここ辞めちゃうんですよね？」

宮城野さんがそわそわしながら話しかけてきた。頭のすみっこ、記憶の欠片がピリッとする。この会話を、たしか昔もしたような気がする。

「ああ、うん、ちょっと学校のほうが忙しくなって」

たぶん、こんな感じで答えたんだっけ。そうだ、大学の近くにもっと時給のいいバイト見つけて、そっちに鞍替えした時期だ。カフェレストランだったけど、期待してたまかないがあんまり美味《おい》しくなかったんだよね……。

「エーでも、仕送り貰《もら》ってるんですよね。いいなー、あたしバイト掛け持ちしないと暮らしていけないです。映画観るだけでもちょーせいいっぱいで」

うん、やっぱりこの会話をした記憶がある。仕送りったって、そりゃあるだけありがたかったけど余分に貰ってたわけじゃないし、だからこうしてせっかくの土日に長時間バイト入れてたんだし、勝手に人を余裕のあるお嬢様扱いするなよ。と、あの時もやっぱりムカムカしたはずだ。宮城野さんはたまにこういうチクッとする話をふっかけてきた気がする。

店に入ってすぐの新作の棚は、青っぽいパッケージのビデオで埋め尽くされていた。レンタルが始まったばかりのヒット商品。そうだ、父さんの部屋で再生しようとしたビデオもあれだった。世界中で流行して、テレビでも芸人やタレントがパロったり。黒いロングコートとサングラスがあればすぐ真似できるから学祭とかであの格好してる人もいた。この映画がそんなに懐かしい感じがしないのは、続編も作られたし、あまりにもメジャーで知ってて当たり前みたいな映画だからだろう。私も流行に乗って、たしか二作目は映画館まで観にいった記憶がある。それがあんまり面白くなくて、三作目は観ていない。

バックヤードからユウヤ君が出てきた。宮城野さんがぱっとそっちを向く。表情が明るい。そうか、この二人そういう感じだったっけ？　バイト仲間の恋愛事情とかぜんぜん覚えてないな。

「まだ六時じゃないよー。タイムカード早押しすると店長に怒られるぞ」

「や、バックヤード居てもヒマだし」

ユウヤ君は慣れた手付きで新作コーナーの棚をささっと整理すると、私のほうを振り向いた。

「晴子サン、これって観ました？」

空《から》のパッケージを持って言う。

「あ、うん。観た」

「オレ映画館で観たんスけど、超おもしろくないスか、これ」

どうだったかな。確かに当時は見たことないような凄《すご》いVFXで、アニメが実写になったみたいでびっくりした。でもアクションやSFってもともと得意じゃないし、登場人物みんなあまりにもカッコつけててちょっと面白くなっちゃったんだよな。

「あたし、まだ観てない！」

宮城野さんが声をあげた。

「そんなに面白いなら、今日借りて帰ろうかな」

返却済のボックスに入っていたそのビデオを手に取って、宮城野さんはちらっとユウヤ君を見るけど、ユウヤ君は宮城野さんを見ていない。ああ、宮城野さんの片思いなのか。わー、なんかムズムズするなこういうの。久しぶりに見たな。

「バイトはあんま新作借りるなって言われてっけど」

「こんなにあるんだから大丈夫だよ。見かけによらずマジメだなー」

宮城野さんの軽口はユウヤ君にキャッチされず、会話はそこで終わってしまう。宮城野さんは明らかにスネた感じになり、レジでそのビデオのレンタル手続きをぱぱっと済ませると「六時！　あがろ！」と大きい独り言を言ってさっさとバックヤードに行ってしまった。

「晴子サンも、あがっていいスよ。あとオレやるんで」

今バックヤードに行くの嫌だなあと思いながら、私は頷いた。いや、夢なんだからこのへんでもっと私に都合よく、唐突でもいいからなんかいいことが起こってもいいんじゃない？　明晰夢って、そういうのはコントロールできないんだっけ？

バックヤードに入ると、そこも微《かす》かな記憶のまま再現されていた。銭湯みたいな四角い小さいロッカーがあって、パソコンが一台、ファイルされた書類、ポスターや販促物がごちゃごちゃに重なっていて、煙草《たばこ》の臭いがする。昔はどこでも煙草喫《す》ってたよね、そういえば。

宮城野さんはもうエプロンを外して着替えていて、黒尽くめの服の上に黒いパーカーを着て、私をちらっと見て「おつかれさまでーす」とそっけなく言ってからドアを開けて出ていった。

『ペガサス』では一年くらいバイトしてたし、土日シフト入れてるバイトは少なかったから、一緒になることも多かったはず。でも、私は宮城野さんのことをほとんど記憶していなかった。会話も、さっきしたやつくらいしか覚えていない。でも、何か引っかかる。

だいたい、どうして夢の中に宮城野さんが出てきたんだろう。この、現実としか思えない生々しい夢に。

ロッカーの横の壁には身だしなみチェックのための鏡が掛けてある。おそるおそるそれを覗《のぞ》き込むと、シャギーを入れたショートボブの茶髪の、妙にぴたっとしたTシャツを着た、若き日の私の顔が映っていた。

「うわー、顔丸い、ほっぺたが上がってる……」

自分の顔なんて毎日見てるからあんまり実感湧いてなかったけど、これに比べれば確実に老けたわ。ほうれい線なんて影も形もないし、クマもないし毛穴も小さい。ニキビはできてる。

思わず、私は手を伸ばして鏡の中の自分に触れてみた。

「えっ」

すると、指先は硬くて冷たいはずの鏡には触れず——いや、触ってるけど……どんどん……鏡の中に入り込んでいく。

「わっ、えっ、ちょっと！」

冷たいゼリーみたいなものに腕が引きずり込まれる。全身がぞわぞわして目眩《めまい》の強烈なやつが頭の中身と内臓をかき回すみたいに襲いかかってきて——。

「はあっ！」

いつの間にか止めていた。息を。叫ぶように咳き込んで、ぜえぜえ肩を揺らしながら目をこする。手が震えてる。手がある。私の手。ちょっとかさついた、最近妙に筋張ってきた私の手。

顔を上げると、そこは父さんの部屋だった。

眼の前では、14インチのテレビデオが砂嵐を映していた。私はぽかんとしたまま、半分無意識にそれの電源を切った。

部屋の中は静かになった。微かに一階の茶の間のテレビの音が聞こえてくるくらい。

「夢……だよね」

自分の顔をぺたっと触ってみる。寒い部屋にいたせいで冷え切っているほっぺた。電源が切れたブラウン管のテレビ画面に、ぼんやりとその顔が映っている。しばらく美容院にも行っていないせいでただ伸ばしっぱなしになっている黒髪（白髪は染めてる）をひっつめた、いつもの私の顔だ。

「夢……だわね」

うん。と一人で頷いて一人で納得する。ビデオを観ながらいつの間にかうとうとしてたんだ。だからあんな夢を見た。

なんだか怖くなって、立ち上がって部屋を出た。急いで階段を降りて茶の間に入る。壁の時計を見ると、三十分も経ってなかった。

「見つかった？　湯たんぽ」

「あー、うん……」

母さんがのんびりバラエティーを観ながらみかんを剥いている。何も変わらない。いつもの風景だ。お風呂場から水音がした。杏が入ってる。

狐《きつね》につままれたような気持ちのまま、冷えきってしまった足をコタツに突っ込む。天板の上には私のスマホが置きっぱなしになっていた。さっき夢で見たあの頃は、当たり前だけどスマホなんてなくて、二つ折りのケータイを使ってた。

私はスマホを手にし、ほとんどログインしていないフェイスブックのアプリを立ち上げ、検索窓に「宮城野　未来子」と入れてみた。引っかからない。結婚してたら姓は変わってる可能性がある。学生時代の女友達はこれが理由でＳＮＳでも行方が分からなくなっちゃうことが多い。私だって姓を変えたし。また戻したけど。

なんとなく、そのままブラウザを立ち上げてGoogleで同じように検索してみた。

「え」

息が止まった。

一番上に表示されたのは、Wikipediaだった。

『K通りストーカー殺人事件』

（うそ……）

震えながら、その文字列をタップする。

『――K通りストーカー殺人事件は、２０００年3月26日に発生した殺人事件。翌日未明、東京都C区K通り沿いの路地で当時18歳のアルバイト店員の女性が倒れているのを通行人が発見。搬送先の病院で死亡が確認された。女性は全身を十数ヵ所にわたりナイフのようなもので刺されており』

そこまで読んで、スマホを畳の上に投げ出した。心臓がばくばくしてる。なんで。なんで宮城野さんの名前を検索してこんな記事が最初に出てくるの？

それからもう一度、おそるおそるスマホを手にして、Google の検索結果一覧にブラウザバックした。

Wikipedia には名前は載っていなかったけれど、検索結果を辿っていくと、いくつか犯人と被害者の名前を出している記事がヒットした。被害者、宮城野未来子。十八歳。

（嘘《うそ》……嘘だよね）

同姓同名か、何かの間違いだ。そんなこと本当に起きてたら、当時も大騒ぎになってたはずだし私だって知ってたはず。すぐに Twitter で……は、無かったんだ。そうだ。あの頃の私、ニュースは見ないし新聞もとってなかった。パソコンも持ってなかった。辞めたバイト先に寄り付くのも気まずくて『ペガサス』にはしばらく行かなかったし、あの中の誰とも連絡先を交換してなかった。

もう一度、スマホの中の名前を見る。宮城野未来子、十八歳。アルバイト店員。茨城県出身。一人暮らし。逮捕された男は二十代半ばで、バイトを掛け持ちしていた宮城野さんの別の職場の客だった。動機や詳しいことを何も話さないまま、裁判が始まる前に自殺している……。

母さんがテレビに向かってクイズの答えを言っている。マツがそれに耳をぴくぴくさせている。毎日見るその光景が、急に現実感のないものに見えてきた。

どうして、今になってあんな夢見たんだろう。

(いや……)

私は自分の、四十歳になっている自分の手をもう一度まじまじと見つめた。

(あれ、本当に夢だったの?)

さっきの〝夢〟の中で、宮城野さんに身体《からだ》を押された感触が確かにあった。身体も軽かったし、肩こりが消えてたし全体的にしゃっきりした気分だった。本当に、若い頃に戻ったみたいに。

夢じゃなかったら？

（まさか。映画じゃあるまいし……）

我ながらあまりにも突拍子もない思いつきに、鼻で笑ってしまう。あれは夢だ。あのビデオも、たぶん『ペガサス』のワゴンセールで買ったやつで、それで急にバイト時代を思い出して夢に見たんだ。それだけ。宮城野さんのことはショックだけど、もう二十年も前の事件だ。当時の環境のせいで、私が事件を知ることができなかっただけ。

杏がお風呂から出る音がした。母さんはまだテレビを観てるだろうから、お湯の温度が下がる前に私が入らないと。頭を日常生活に切り替えて、私はコタツの外に出た。

布団に入っても、目が冴えて眠れなかった。〝夢〟の中で見た宮城野さんの顔がずっと頭の中から消えてくれない。

どれだけ頑張って思い出しても、彼女と言葉を交わしたのはせいぜい数回。最初にシフトが重なった時の自己紹介と、別にフレンドリーでもない、彼女のマウント目的の短い会話が何度かあっただけ。

何も知らない。彼女がどんな子だったのか、少しも知らない。

当時の私は宮城野さんを、たぶんあんまり快く思ってなかった。好きじゃなかった。だから仲良くしようともしなかったし、連絡先も交換しなかった。いかにも趣味が合わなそうだし、年下だし、イタいし、自分がこの店で一番映画に詳しいんだ！　って妙なプライドでいっぱいになってて、ドヤ顔がうざったかったし。

でも、若かった。十八歳だ。あんな若い子が、一人ぼっちで道端で殺されてしまったんだ。杏とそんなに変わらない、元気に働いてて、趣味もあって、片思いもしてた十八歳の女の子が。

そう思うと、じわりと涙が出てきた。どんなに痛かっただろう。怖かっただろう。あの日、私のバイトの最後の日、もし宮城野さんに声をかけて帰りにお茶でもしてたら、彼女は死なずに済んだんじゃないだろうか？

無駄だと思っても、そんな「もしかして」が頭の中を駆け巡りますます眠れなくなってきた。もうちょっと仲良くしてたら、ストーカーが居ることも相談されてたかもしれない。そしたら力になってあげられたかもしれない。もしかしたら、もしかしたら……。

「…………」

私はがばっと起き上がり、掛け布団の上に重ねていたどてらを羽織って自分の部屋から出た。隣は父さんの、物置の部屋だ。

下で寝ている母さんを起こさないように足音をしのばせそっと中に入り、明かりをつける。さっき見たまま、蓋の開いたＤＶＤの段ボール箱と、畳に置いてあるテレビデオ。

寒さと、わけのわからない緊張で震えながら、私はテレビデオの前に座った。深呼吸し、電源を入れる。すぐにザーッという砂嵐が大音量で流れ、慌てて音量を操作しようとして、巻き戻しボタンに触れてしまった。


「Breakdown、わかります？　Kurt Russell 出てる。ありますか？」

天上から降ってくるように大音量で鳴り響く音楽。目の前に立っている外国人の男女。

「聞こえてます？　だいじょうぶ？」

眼鏡をかけた男のほうが、ぎゅっと眉をひそめて身を乗り出してくる。

瞬きする。二回、三回。鳴っている音楽はモーニング娘。の『恋のダンスサイト』だ。私は白いカウンターの前に立っていて、すぐ手元にレジがある。強い蛍光灯の明かりに照らされている、ビデオ棚。たくさんの、ビデオが詰まっている棚。

「うわぁっ！」

叫んだ。カップルがびくっとして後ずさる。

「ちょ、晴子さん？」

隣を見る。宮城野さんが目をまん丸くして私を見ている。

「夢……じゃない？　ねえ！　これやっぱり夢じゃないんだ?!」

半分パニックになって自分の顔をぺたぺた触ったり宮城野さんの肩を摑《つか》んで揺さぶったりする。感触がある。触ってる。肩こりもない。胃が重くない。身体が軽い。

「ちょっと！　なに?!　やめてってば！」

宮城野さんが身体をよじって、怯えた顔で数歩後ずさる。宮城野さんだ。生きている宮城野さんだ。

「あ……」

そこで我に返って、周りを見た。カップルはいつの間にかどこかに消えていた。

「ひ、日付。今日何日?!」

とっさにスマホを探そうとして、それからレジの液晶を見る。「2000/03/26」の表示。

『――K通りストーカー殺人事件は、２０００年3月26日に発生した殺人事件――』

Wikipedia の記述が頭の中をぐるぐるする。

「宮城野さん！」

私はもう一度宮城野さんに詰め寄って、その白くてふわふわの手をがしっと摑んだ。

「最近悩んでることとかない?!」

ヒッ、という小さい悲鳴が宮城野さんの口から漏れた。

「な、なんなの?!　もしかして酔っ払ってます？」

私の手を振り払って、宮城野さんはカウンターの行き止まりまで後ずさってしまった。

「あ、ご、ごめん、びっくりしたよね」

怖がらせてしまったのに気付いて、私は敵意がないことを示すために笑ってみたけど、うまく笑えているかは分からない。

「あの、その……き、今日がここで働くの最後なの、私」

「……知ってますけど」

「だからさ、もしよかったら、シフト終わったら、お茶でもしない……？」

精一杯優しい口調で言ったつもりだけど、宮城野さんの表情は硬いままだ。

その時、店の自動ドアが開いてユウヤ君が入ってきた。

「どもっス。――何してんの、二人して」

カウンターの隅っこにハムスターみたいに追い詰められている宮城野さんとそれに迫る私を見て、ユウヤ君は首を傾げた。

「ユウヤ……」

宮城野さんは目をうるうるさせてユウヤ君を見ている。そこまで怖がらせたか？　慌てて取り繕う。

「いや、何でもないっていうか、今日私ここ最後だから、宮城野さんと帰りにお茶でもしたいなって」

「えっ」

今度はユウヤ君が目を見開いた。

「晴子サン、バイト辞めんの？」

「あ、うん。そういうことになってる、はず」

「オレ、聞いてなかったっスけど……」

ユウヤ君は視線を落として、明らかにショックを受けたような顔をしている。あれ、この子私にそんな懐いてたのか？　辞めるときなんて、店長に何日までで辞めさせてくださいって言って終わりだった気がする。

「ないんスか、送別会とか」

「え、そんな大げさな。あ、ていうか、そうね、送別会！　せっかくだし、送別会としてお茶付き合ってよ、ね、宮城野さん！」

もう一度宮城野さんの方を見ると、ユウヤ君と私の顔を交互に見て口をぎゅっとつぐんでいる。

「えー、いーな未来子ちゃん。オレも晴子サンの送別会行きてー」

ユウヤ君がそう言うと、宮城野さんは明らかに不機嫌な顔になり、上目遣いにじとっと私を睨んだ。

「いやあ、それはほら、若い二人で行ったらいいんじゃないの、後で」

「オレと未来子ちゃん二人で？　それ、送別会じゃねーッスよ」

ユウヤ君は大人びた手付きでロン毛をかき上げ笑った。笑うと確かにわりと可愛《かわい》い。

「晴子サン、やっぱおもしれー」

そう言ってバックヤードに入っていくユウヤ君の背中を、宮城野さんはじっと視線で追っていた。

「あー、ね。というわけだから」

「何がですか。送別会とか、悪いけど興味ないです」

「そう言わないで！　奢《おご》るから！」

そうしないと、今夜あなたは殺されちゃうかもしれないんだよ。喉元まで出てきた言葉をぐっと飲み込む。そんなこと言ったら、完全に怖がられてしまう。

「ほら、駅前にある、なんだっけあそこ。あー名前が出て来ない。今ガストになってるとこ。

あのファミレス！　あそこで奢る！」

「普通、送別会ってそっちは奢らないんじゃないですか」

「いやそこは、歳上だし！」

「一歳だけじゃん……」

必死に食い下がるが、宮城野さんは首を縦に振らない。そこに制服のエプロンを着けたユウヤ君が戻ってきた。

「そういえば晴子サン、これって観ました？」

新作コーナーの空のパッケージを持って言う。

「オレ映画館で観たんスけど、超おもしろくないスか、これ」

ユウヤ君が私に話し掛けてくるたびに、宮城野さんの機嫌がどんどん悪くなっていくのが分かる。

「えっと、私はイマイチだったかな！　アクションもSFもそんなに好きじゃないんだよねー」

「そースか。……どんな映画好きなんスか？」

話を繋《つな》げようとするな！　そういうのは宮城野さんに訊《き》いてやってくれ。

「え。あのー、『バグダッド・カフェ』とか……」

宮城野さんが小さく鼻で笑ったのが分かった。

「知んないス。面白い？　今やってる？」

「いや、ちょっと古い映画だから……ていうか映画なら宮城野さんのほうが詳しいから！」

「でも、晴子サン、オレの知らない映画いっぱい知ってそうだし」

「六時だ。あがりまーす」

おそろしく抑揚のない声で、宮城野さんがさっさとカウンターから出ていってしまった。ユウヤ！　お前！　いやここでユウヤ君に怒ったって仕方がない。私も慌てて後を追いかけてバックヤードに向かった。

「あのね、宮城野さん」

「悪いけど帰ります。今日用事あるんで」

中に入ると、宮城野さんはさっさと着替え終えていて、もうバッグを持って外に出ようとしていたところだった。

「待って！　本当に待って。お願いだから！」

「はあ……なんなんですか？　あの、勧誘とかだったらお断りします。最終日だからってカモにしようとするの、ちょー最悪」

違う、と言う前に、小走りで宮城野さんは去っていってしまう。

「待って！　あの、帰り道！　K通りは通っちゃだめ！　絶ッッ対に通っちゃだめ！　危ないから！　気をつけて夜道！」

宮城野さんは不審げにちらっと振り向き、でもそのまま走り去っていってしまった。

「……どうしたんスか」

カウンターの中のユウヤ君がぽかんとしている。私はその顔をきっと睨んで、もう一度バックヤードに駆け込んだ。

ロッカーの横に、鏡が掛かっている。中に映る私の顔は昂奮して真っ赤だった。

「これで回避……できた？」

分からない。でもほんの少しの変化が結果に大きな違いを出すって、そういう映画も観たことある。『バタフライ・エフェクト』だ。

私はごくりとつばを飲み込んで、鏡にそっと触れた。


「……はっ！」

水から上がったときのように大きく呼吸をしながら、私は目を開いた。

部屋の中を、青白いちらちらした光が照らしている。テレビの砂嵐だ。父さんの部屋。私、ひとり。

急いで自分の部屋に戻り、枕元のスマホを摑んだ。急いでブラウザを立ち上げ宮城野さんの名前を検索すると――

『K通りストーカー殺人事件』

「うそ！」

私は検索結果を見て叫び声をあげた。スマホを持つ手が震える。あれじゃだめだったんだ。宮城野さんは私の忠告なんか聞かなかった。いつも通りの道を通って帰って、そこで殺されてしまった。

血の気が引いた。私のせいだ。私が失敗した。知ってたのに。彼女が大変な目に遭うって知ってたのに、あんな適当な忠告だけして帰ってきてしまった。どうしよう。折角のチャンスだったのに。

涙がじわじわ滲《にじ》み出てきて、パジャマの袖でそれを拭いた。ブラウザを何度更新しても、結果は同じ。

「もう一度……今度こそ……」

私はスマホを握ったまま、のろのろと立ち上がった。

「Breakdown、わかります？　Kurt Russell出てる。ありますか？」

天上から降ってくるように大音量で鳴り響く音楽。目の前に立っている外国人の男女。

「聞こえてます？　だいじょうぶ？」

眼鏡をかけた男のほうが、ぎゅっと眉をひそめて身を乗り出してくる。

瞬きする。二回、三回。鳴っている音楽はモーニング娘。の『恋のダンスサイト』だ。私は白いカウンターの前に立っていて――すぐに隣を見た。

「宮城野さん！」

「はい?!」

急に大声を出した私に、宮城野さんはやっぱり目をまん丸くする。

「接客替わってもらっていいかな？　詳しいから、宮城野さんのほうが！」

そう言うと、数秒置いて、宮城野さんはこくっと頷き、私の代わりに接客スマイルで外国人カップルの前に立った。

モー娘。が鳴り響く中、また自分の顔を触る。ほっぺたをつねったり、鼻をつまんでみたりもする。やっぱり、どう考えても夢じゃない。なぜかは分からないけど、私は今本当に、二〇〇〇年の『ペガサス』にいる。

これが〝現実〟なら、私は、私だけは、今夜宮城野さんが殺されるのを止められる。どうすればいい？　声をかけて忠告するくらいじゃだめだ。だって宮城野さんが私を嫌ってるっぽいし、信用がないから。

(仲良くなればいい)

今からシフトがあがるまでの三十分もない間に、宮城野さんと仲良くなる。そしてガスト……じゃないななんだったっけ。とにかくファミレスでも、コンビニでも、どこでもいい。連れて行って、話をして、K通りを通るのを止《や》めてもらう。それしかない。

「困りますよねェ、原題で言われちゃうと！　たまたまあたしが知ってたからよかったですけどー」

得意げな宮城野さんの顔。これだ。ここを突けばいけるはず。

「ほんと、詳しいよね映画。凄い！　私だったら絶対分かんなかった！」

宮城野さんは映画マニアであることにプライドを持っていた。なら、そこを褒めれば絶対に好感を持ってくれるはずだ。行きたくもない飲み会に山ほど出てきた元営業職の中年をなめるなよ。絶対に二十分で好かれてみせる。

「はあ……」

しかし、予想外に反応は渋かった。不審げな顔をして、レジの周りに散らばっているポイントカードをちゃかちゃかと片付けたりチラシを折ったりし始める。しかしここで退くわけにはいかない。

「どの映画が一番好き？　あ、言われても私分からないかも。マニアックなのほとんど知らないからなー」

「一番好きっていうのは……けっこう入れ替わりますけど」

ぼそぼそ答える宮城野さんの耳がちょっと赤くなっている。あ、これ、照れてるんだ。

「『悪魔のいけにえ』かな」

「え、ホラー？　怖いやつ？」

「ホラー好きですよ。ギャグ入ってるのじゃなくて、マジでちょー怖いやつ」

「『悪魔のいけにえ』は、怖いの？」

「ちょー怖いです。……観ないほうがいいですよ、晴子さんみたいな女の人は特に」

小鼻が膨らんでいるのを隠せてない。うーん、十八歳だ。

「晴子さんは、ユーロスペースとかシネマライズ行ってそう」

懐かしい。渋谷のミニシアター。確かライズはもう無くなってる。

「じゃあ、私が好きな映画とか分かっちゃう？」

そう言うと、宮城野さんは手を止めて、私をまじまじと上から下まで見つめた。

「……『バグダッド・カフェ』とか」

宮城野さんがそのタイトルを口にしたとたん、自動的に頭の中で『バグダッド・カフェ』の主題歌、たぶん映画よりずっとヒットしたあの曲、『コーリング・ユー』が鳴り響いた。

「え。うそ。当たり」

「ちょー適当に言ったんですけど」

「でも当たってるよ。凄い！」

素直にそう思った。凄い凄いと言っていると、宮城野さんの耳はどんどん赤くなっていく。

「あのさ……今日、私、ここのバイト最後なんだよね」

「らしいですね」

「折角だからさ、終わったらちょっとお茶しない？」

宮城野さんは耳の赤い仏頂面《ぶっちょうづら》のまま、またチラシを折り始めたけど、少ししてから「いいですよ、別に」と言った。


ファミレスは久しぶりだった。私の目の前にはチョコレートサンデーと、宮城野さんの前にはホットコーヒーだけが置かれている。

「ほんとにそれだけでいいの？　パフェ食っちゃうよ、私」

「いいです。ダイエット中なんで」

ブラックコーヒーをちびちび飲みながら、宮城野さんは少し居心地悪そうにしている。

ここからだ。何とかしてもっと親しくなって、信用してもらって、K通りを歩くのをやめてもらわないといけない。どうやって話そう？

「宮城野さんて今、一人暮らし？」

「そうですけど」

「私も！　気楽だけどさ、けっこう気を使うよね。防犯とか」

「まあ……普通に」

「一人暮らしの女子同士さ、気をつけて生きていこうよね」

「……なんなんですか急に。何の話？」

コーヒーカップの向こうから、うろんげな目がじっと見てくる。

「いや、その、気をつけないとなって。最近物騒だから。洗濯物とかちゃんと中に干してる？　カーテンも、いかにも女子っぽい色とか柄だと外から目つけられるからヤバいよ。最近はインターフォンの応答用に男の人の声出すアプリとか……ああ、アプリはないんだった……とにかく、気をつけ過ぎってことはないから！」

一息に言うと、宮城野さんは目をぱちぱちさせた。

「……親みたいなこと言うんですね」

思わず笑いそうになってしまった。そりゃ、もうちょっと早く産んでたらこれくらいの娘がいたってぜんぜんおかしくないもの。

「気をつけてね」

だめだ。泣きそうになる。

「なんか……気持ち悪いんですけど」

私は溶けはじめていたチョコレートサンデーにスプーンを突っ込んだ。

「あのさ……特にあそこは、気をつけたほうがいいよ。K通り。通る？　あそこ」

宮城野さんが頷く。

「あそこで、えーと友達が、最近すっごい乱暴な痴漢に遭ったんだって。凄く凄く、怖い思いしたんだって。だから、しばらくあそこ通って帰らない方がいいと思う」

「でも、あそこ通り抜けるのが一番近いから」

「お願い！」

私はテーブルの上に身を乗り出し、顔の前で両手を合わせて宮城野さんを拝んだ。

「お願い。K通りには行かないで。少なくとも、今日は通らないで。お願い。このとおりだから……」

頭を深く下げる。周りの客がざわざわし始める。

「ちょ、ちょっと！　やめてよ！　何してるんですか。変ですよ」

「K通りに行かないって約束してくれたらやめる」

「分かった。分かったから。行きませんから！」

宮城野さんはコーヒーカップを置いて立ち上がると、財布から五百円玉を一つ出してテーブルの上に置いた。

「あたし、帰りますから」

「待って。送ってく。家どこだっけ？」

「え。ちょっともう……ほんとにやめてください。もしかして、ストーカー？」

その言葉に、私はびくっと硬直してしまった。

「とにかく、K通りに行かなきゃいいんでしょ。分かりましたから。それじゃ、さようなら！」

そう言うと、宮城野さんは店をさっさと出ていってしまった。

「ちょっと！　待って！」

私は急いで宮城野さんを追いかけようとしたけど、レジで店員さんに止められ、支払いをしているうちに見失ってしまった。ファミレスから出て、連絡先……ケータイの番号を交換していなかったのに気付いた。

「はーっ……」

砂嵐の音に包まれる。戻ってきた。部屋の中のしんしんとした寒さが突然感じられるようになる。私は洟《はな》をすすりながらテレビデオの電源を切り、祈るような思いで握りっぱなしだったスマホのブラウザを立ち上げた。宮城野　未来子　検索。

『C区アルバイター女性殺人事件』

呼吸が止まった。一番上に出てきたそのWikipediaの記事を、そっとタップする。

『――C区アルバイター女性殺人事件は、２０００年3月26日に発生した殺人事件。当日、東京都C区のアパートで悲鳴を聞いた住人が警察に通報。当時十八歳のアルバイト店員の女性が自室内で倒れているのを発見。搬送先の病院で死亡が確認された。女性は全身を十数ヵ所にわたりナイフのようなもので刺されており、窓が割られ何者かがベランダから侵入した形跡があった。犯人は――』

うずくまる。そんな。そんなことってない。K通りを避ければいいだけじゃなかったんだ。駄目だった。間違えた。助けられなかった。

(どこで間違ったんだろう)

もっとうまいやり方があるはずだ。私はバカだ。もっと宮城野さんに心を開いてもらって、怯えさせないように、気持ち悪がらせないようにしないとだめだった。そしたら部屋まで送れたし、そこで犯人を待ち伏せして通報することだってできた。

もう一度。もう一度チャンスがあれば。次は失敗しない。絶対に助けてあげるから。

私はテレビデオの電源を押した。


「ほんとにそれだけでいいの？　パフェ食っちゃうよ、私」

「いいです。ダイエット中なんで」

ブラックコーヒーをちびちび飲みながら、宮城野さんは少し居心地悪そうにしている。

私は頭の中だけで深呼吸した。急に説教じみた防犯トークなんかしちゃいけない。杏にだってそんな話し方したら拒否られる。分かってるはずなのにやってしまった。あれじゃだめ。宮城野さんと仲良くならなきゃだめなんだ。

「あんまり、バイト中話せなかったよね。それがもったいないなと思って。映画の話とかもっとしたかった」

宮城野さんは様子をうかがうようにこっちを見ている。

「その……ホラー映画ってさ、ちゃんと観たことないの。いい歳して情けないけど、怖いのほんとダメで。そういう人でも観られるのって、何かある？」

映画の話なら、宮城野さんは聞いてくれるはずだ。私もそこそこの映画好きだけど、たぶん宮城野さんとはぜんぜん趣味が違う。噛《か》み合うか分からない。でも私たちの共通の話題は、これしかない。

「怖くないホラーってことですか」

「……そう考えると変か」

宮城野さんはちょっと笑った。笑うとより子供っぽく見えて、また胸が潰れそうになる。

「終わらなかったじゃないですか、世界」

コーヒーカップを置いて、突然宮城野さんがそう言った。

「一九九九年に、終わらなかったじゃないですか。世界。信じてました？」

「なんだっけ、アンコ……アンゴルモア大王。え、宮城野さん信じてた？」

「信じてません。でも、終わるんだろうな、って、ちょっと思ってた」

一九九九年の七の月に、恐怖の大王が来て世界が終わる。ノストラダムスの大予言だ。宮城野さんの言ってることは分かった。あんなのだれも真面目に信じてなかったと思うけど、でも物心ついたときからずっと、その月にこの世は終わるって聞いてたから。

「分かる。私も、信じてないけど終わるんだろうなって思ってた」

　顔を見合わせて、笑い合う。

「終わらなかったねえ。正直、ちょーっとだけ、ほんのちょーっとだけ、ガッカリした」

「あたしも」

「終わんないのかよ！　って。二〇〇〇年問題だっけ？　あれもわけわかんないままだったし」

　懐かしすぎる、と付け足そうとしてハッとして言葉を飲み込んだ。

「世界が終わらなかったから、ホラー映画観るんです。痛くて怖くて、厭《いや》な感じがすればするほどいい。映画の中だったら世界、何回だって終わるでしょ」

「『アルマゲドン』とか。あれは終わるのを回避するのか」

「そう。普通のアクションとかSFって、世界、終わらないで救っちゃうんですよ。でもホラーは終わるから。みんな死ぬ。地球も壊れる。人類も滅亡する」

　妙に楽しそうにそう言って、宮城野さんはうっとりした顔をした。

「終わるって分かったら何します？　マジで終わるって分かってたら」

「この世が？」

「そう。明日この世が終わるって分かったら、何します？」

頭が凍りついた。唇も。とっさに言葉が出てこなかった。目の前にいるこの女の子の世界が、明日どころか今日中に終わってしまうかもしれないこと。そのことで頭がいっぱいになって、一瞬、真っ白になった。

「……すいません、ヘンなこと訊いて」

宮城野さんが気まずそうにコーヒーを啜《すす》る。

「いや！　その、改めて考えるとなーんにも思い浮かばないなって。ほんとに思いつかないな……ケンタッキーとマックのポテト死ぬほど食べるかな」

「何それ。ちょーやばいですよその発想。世界終わるんですよ？」

宮城野さんはくつくつ笑う。私もつられて笑う。

「あたしは、あえて何もしないかな。部屋で一人でビデオ観てる。『ゾンビ』観ながら終わります」

「好きな子に告白とかしないの」

言ってから、しまったと思った。宮城野さんの表情がさっと険しくなったからだ。

「……しません。無駄だし。デブだしブスだし、あたし。ちゃんと分かってます」

「そんなことないよ！　可愛いって。ほんとに」

「いいんです。晴子さんみたいに大人っぽくないし。分かってる」

宮城野さんはコーヒーを飲み終えると、腕時計を見て「そろそろ帰ろうかな」と言った。

「明日、別のバイトで朝早いんで」

五百円玉を取り出そうとする宮城野さんを見て、私も慌てて立ち上がった。

「あの！　途中まで一緒に帰っていい？」

「え。……別に、いいですけど」

「もうちょっと、話したいから」

焦りを顔と声に出さないようにして、私は伝票を持ってにっこり笑った。


ファミレスを出ると、外はすっかり暗くて肌寒かった。宮城野さんがパーカーのジッパーを上げる。どうやってアパートまで送らせてもらおう。いや、送っただけじゃ終わらない。犯人はベランダから部屋の中に侵入したって書いてあった。近くに隠れて、ベランダに入る奴《やつ》を見つけないといけない。そしてすかさず通報すれば、そうすれば、きっと助かる。絶対に助かる。

「……夜さ、一人で帰るのってちょっと怖いよね」

慎重に、それとなく水を向けてみる。

「そうですか？　東京、どこも明るいし、別に」

「いやいや、都会は怖いよやっぱり。最近もＫ通りに凄い……ちょーヤバい痴漢が出たらしいしさ」

「マジですか。あたし、よく通るんですけどあそこ」

「しばらくやめたほうがいいよ。あの通り路地多いし夜静かだし。戸締まりとかも、ちゃんとしないとやばいよね」

押し付けがましくならないように気をつけてそれだけ言うと、宮城野さんはコクリと頷いてくれた。少しだけほっとする。

「じゃあ……あたし、こっちなんで」

それから少し歩いて、十字路の手前で、宮城野さんは左方向を指差した。駅の反対側だ。

「あー……じ、じゃあ、また！」

「またって、もうバイト来ないんでしょ」

「べつに、客としては行くし……あの、とにかく、また会えるよね。きっと」

宮城野さんは肩をすくめて、ちょっと笑って、それから手をひらひら振って踵《きびす》を返した。だぼだぼのパーカーを着た背中が遠くなっていく。

（尾行するしかない）

他に方法が考えつかなかった。そんなこと、したことない。しかもこんな人通りの少ない道で。でも、やるしかない。

そう思って一歩踏み出したとたん、

「あの」

突然、道の真ん中で宮城野さんがくるりと振り返った。

「あの、ほんとは一番好きな映画、違います。『悪魔のいけにえ』じゃない」

心臓をばくばくさせながら、私は無言で頷いた。

「誰にも内緒ですよ。……『タイタニック』が好き。あれが一番好きな映画」

それだけ言うと、目を泳がせながら、もう一度背中を向けて、宮城野さんは小走りに去っていった。

(だめ。待って。置いていかないで)

私はめちゃくちゃ焦りながら、気づかれないように、でも見失わないように、変な姿勢の変な走り方で必死にその後を追った。こんなに走るなんて何年ぶりだろう。

頭の中に、『タイタニック』のテーマ曲の、セリーヌ・ディオンの『My Heart Will Go On』が大音量で鳴っていた。分かるよ。私も好きだよ『タイタニック』。でもあの頃、あれ好きって言うと、特に男の映画マニアにバカにされたよね。宮城野さんみたいな女子が真正面から好きって言えないの分かる。でもさ、二十年くらい経つともう『タイタニック』好きだって言ったってバカにされないよ。されたとしても、する奴のほうがバカ扱いされるよ。ジェームズ・キャメロンも色んな映画撮ってるよ。レオ様も雰囲気は変わったけどかっこいいまんまだよ。アメコミヒーロー映画が流行するし韓国映画もブームになるし、日本でもコミコンが開催されるよ。Netflix や Hulu で観きれないくらいの映画やドラマが観られるよ。いい映画がたくさん生まれるよ。あと最近は海外ドラマのクオリティがやばい。『ブレイキング・バッド』めちゃくちゃ面白いよ。『ゲーム・オブ・スローンズ』も面白いよ。たぶん宮城野さん好きだよ。だから生き延びよう、宮城野さん。生きてもっと面白い映画たくさん観よう。つまんねー映画もたくさん観よう。

宮城野さんは予想以上に足が速くて、私はどんどん引き離されてしまう。若い身体なのに、そもそも運動神経が悪かったのを思い出した。厚底スニーカーが走りづらい。嫌な予感が、痺れるように全身に突き刺さる。

遠い暗闇の先で、空気を引き裂くような悲鳴が聞こえた。

「…………!!」

戻ってきた。私の顔は涙でぐちゃぐちゃになっていた。

宮城野さんは殺された。また。私の、ほんの数十メートル近くで。

駆け寄ったときにはもう地面に倒れていて、周りには誰も見えなかった。救急車を呼んで、心臓マッサージしようと思ったけど、黒いパーカーに触れたらぐじゅぐじゅに濡れていて。

「う……」

顔を手で覆って、呻いて、私はぼとぼと涙をこぼして泣いた。また間違えた。助けられなかった。どうすればいい？　どうしたら宮城野さんを助けられるの？

洟を啜り、目をこすりながら、手にしたスマホで必死に調べ物をした。犯人の情報。宮城野さんのこと。当時の報道。検索して出てくるもの全て。

呼吸を落ち着けて、私は巻き戻しボタンを押した。


「はーっ……！　はーっ……！」

カーテンの向こうの空が、わずかに白みはじめていた。

どてらの中の私の身体は、畳にへたりこんだままがたがた震えている。

また失敗。もうどれだけ繰り返しただろう。

戻れるのは二〇〇〇年三月二十六日の午後五時過ぎのあの時間帯だけ。そこからバイトが上がるまでの数十分の間にどれだけ宮城野さんと親密になっても、どうしても、最後はあの犯人に殺されてしまう。部屋まで送って外でベランダを見張っていたら、宅配業者を装って玄関ドアから侵入されて殺された。犯人をあらかじめ通報しようとしても、昔の事件で被疑者死亡してるからネットにもほとんど情報が出回っていない。

ファミレスで繰り返し、宮城野さんと会話した。話せば話すほど、どうしてあのとき友達になっておかなかったんだという思いがつのる。宮城野さんは面白かった。映画には本当に詳しかったし、私の好きな映画や好きそうな映画もズバズバ当てた。私はまだ公開されていない作品やデビューしていないスターの話をしないように気をつけながら、凄く久しぶりに、人と思いきり趣味の話をした。

『タイタニック』が一番好きなことを、教えてくれるときと教えてくれないときがあった。宮城野さんは「男並み」にクールで、それでいて可愛い女の子を目指してるんだなと思った。ホラー映画やゴスっぽいバンドの話、サブカル寄りの漫画の趣味。まだイオンには入ってなくて、ほんとにおしゃれだったヴィレッジヴァンガードの話。

たくさん話した。会話が弾んで、三時間くらいファミレスで粘ってしまったこともあった。連絡先を交換できるときもあった。今度遊びに行こうよ、映画観に行こうよという約束までしたこともあった。

でも、どうしても犯人に先回りすることができない。止めることができない。

どれだけ宮城野さんと仲良くなっても、助けることができない。

畳の上に、青いパッケージが放り出されている。このビデオのパッケージ。ロングコートにサングラスのヒーローが、かっこつけて立っている。

「ヒーローなんて」

喉ががらがらになっていて、ひどい声が出た。

「ヒーローなんて、どこにいんのよ。映画の中にしかいないのかよ。絵空事でしかないのかよ」

涙を擦りながら、私はそのパッケージを睨みつけた。

落ち着かなきゃ。まだやれることはあるはず。

犯人に確実に先回りしなきゃだめだ。でも、読めない。僅かな変化で、違う結果になってしまう。道で襲ってくるのか、部屋に侵入してくるのか、同じパターンを繰り返したと思っても外される。

「あ……」

私の頭に、ぽっと光が灯った。試していないパターンが、一つだけある。

「これで……これならもしかして……」

どきどきしながら、もう一度巻き戻しボタンを押した。

けど、途端にテレビデオからキュルキュルキュルキュルという物凄い音が聞こえて、画面の砂嵐が激しく乱れる。

（壊れた……?!）

どうしよう、と思った瞬間、意識が飛んでいた。


「Breakdown、わかります？　Kurt Russell 出てる。ありますか？」

天上から降ってくるように大音量で鳴り響く音楽。目の前に立っている外国人の男女。

「聞こえてます？　だいじょうぶ？」

眼鏡をかけた男のほうが、ぎゅっと眉をひそめて身を乗り出してくる。

瞬きする。二回、三回。鳴っている音楽はモーニング娘。の『恋のダンスサイト』だ。私は白いカウンターの前に立っていて、すぐ手元にレジがある。液晶画面には「2000/03/26」の日付が表示されていた。強い蛍光灯の明かりに照らされている、ビデオ棚。たくさんの、ビデオが詰まっている棚。

私は目を見開いて、肩で息をしていた。同じところだ。同じ、『ペガサス』の店内に戻ってきた。

「少々お待ちくださーい」

すぐ横から、いきなり間延びした声が聞こえて、私はぐいっと強い力で押しのけられた。

「こちらでよろしかったですかー」

小柄な若い女の子が……宮城野さんが、『ブレーキ・ダウン』と書かれたビデオのパッケージを二人に見せている。

レジ打ちを終えた宮城野さんが、こっちを見て言う。

「困りますよねェ、原題で言われちゃうと！　たまたまあたしが知ってたからよかったですけどー」

もう頭の中で暗唱できるくらい聞いた。私は特にそれに答えずに、愛想のいい顔もせずに、時間を持て余した顔でレジの前に立つ。

試していない最後のパターン。一番最初に、ここに「来た」ときの繰り返しだ。宮城野さんとほぼ喋らず、バックヤードですれ違って別れる。

その後、宮城野さんはK通りの路地で犯人に襲われた。

スマホで調べて、殺人事件の現場を歩き回って記録している趣味の悪い個人ブログを見つけた。写真も撮って、事件の記事のリンクやゴシップめいた憶測、斜《しゃ》に構えたくだらない「評論」を人の不幸な死にくっつけてアップしている下世話なブログ。でも、そのおかげで、K通りで宮城野さんが刺された場所が分かった。あとはなんとか先回りしてそこまで行くだけだ。

大切なのは、最初のときのままに過ごすことだ。

宮城野さんと仲良くしちゃいけない。宮城野さんと喋っちゃいけない。好きな映画の話も、俳優の話もなし。漫画も音楽もファッションの話もしない。茨城の実家で飼ってた猫の話とか、ムカつく兄弟の話もしない。将来やりたいこととか、行きたい場所とか、ぜんぶぜんぶ、たくさん話して知ってるけど、そんなこと、一ミリだって知らないって顔で、一年一緒に働いてたのにちっとも打ち解けなかったって顔で、六時になるまで立ってなきゃいけない。

鼻の奥がつんとした。私たち、凄くたくさんおしゃべりした仲なんだぜ。知らないだろうけど。趣味も合うし、話も合うし、たぶんもっともっと喋って、遊びに行ったりして、友達になれる可能性だってある。そういう未来があったっていいと思う。あってもいいよ。あってほしい。

心臓がどきどきして、でもその緊張も悟られちゃいけない。最初のときとそっくり同じにしなきゃいけないんだから。仲良くもない、ろくに会話も交わしたことのない、たまたま同じシフトになることが多いだけの、ちょっと気に食わない女のままでいなきゃいけない。

ユウヤ君が来て、シフトを交代し、そして私は死ぬ気で走って、宮城野さんと鉢合わせないように気をつけながらK通りに向かった。

K通りはわりと広い道だけど、街灯が小さくて、お店は無くて住宅だらけで、ひっそりしていて人通りが少ない。人は住んでいるけど、人の気配はしない。ぜえぜえ言いながら私が到着したときも、原チャリが一台走り抜けていっただけで、人影はまったく見えなかった。でも、せいぜい数分のうちにここを宮城野さんが通ってしまう。

東京にはこういう通りがたくさんある。少しの間、都会から離れていた目には、K通りは緻密な絵かよくできた映画のセットを見ているように、現実感がなかった。

私はバックヤードから拝借してきたビッグコミックスピリッツをジーンズのウエストに突っ込んでいた。万が一、犯人に刺されても致命傷を避けるためだ。役に立つかどうか分からないけど、昔父さんが好きだったVシネでこういう「支度」をしていたのを見た。

手には開いてスタンバイ済のケータイを持っている。犯人の姿を確認したら、速攻で通報する。警察官が来る前に宮城野さんが襲われたら……なんとか止める。しかない。

悪趣味ブログに載っていた路地まで、あとほんの数メートル。冷や汗が出てきて、喉がからからになる。もしいなかったら？　私はまた外したことになる。もしいたら……私も無事ではいられないのかもしれない。

今さら止める気はなかった。さりげなく路地を通り過ぎるふりをして、横目で確認して、人が居たら素早く離れて見つからないところで通報するだけだ。絶対にできる。絶対にできる。

私は路地の前を横切った。横切ろうとした。

「っ！」

だめ、と思ったのに、足がすくんで止まってしまった。だって、想像していたよりもずっと手前、ほとんど通りに出るすれすれのところに、黒いジャンパーを着た犯人の男が立っていたのだ。

「ひ……」

喉が勝手に、か細い音を出した。

男は野球帽を被っていて、そのひさしの影の向こうから、冗談みたいにきらきら輝いている目だけがよく見えた。

私とまるで、ダンスでも踊る前みたいに、ぴったり向かい合って立っている。

動かなきゃ。動いて、ここから逃げなきゃ。

もし……もし、ここで殺されるのが私だったら、どうなる？　私は十九歳の姿でここで死んで、それで……そこで終わり？　この先の人生はなく、杏もこの世に生まれない……。

絶望で眼の前が真っ暗になった。

男の片手が、合唱コンクールで指揮をやる人みたいにすうっと持ち上がった。手袋をはめたその手には、街灯の弱い光を跳ね返す、銀色のナイフが握られていた。

もうだめだ。目を閉じたかったけど、恐怖でそうすることもできなかった。馬鹿なことをした。宮城野さんも助けられず、自分も助けられず、杏の存在すら消してしまった。馬鹿すぎる。私にこんなこと最初から無理だったんだ。ヒーローなんてこの世にいない。だから私もヒーローじみたことなんてできない。ただの、何の取り柄もないバツイチの四十女。失敗ばかり、間違いばかりしてきた。そのあげくに。

「あっ……」

奇妙に間の抜けた声をあげたのは、私じゃなかった。

男の目が、私から逸れて、あちこちきょろきょろと動いていた。

後ろから、奇妙なざわめきが聞こえる。

「えっ、ここどこ」

「あれ？　あれ？」

「なに？　どうなってんの?!」

「え、ちょっと待って、夢？　また？」

口々にわめきたてる声。全部同じ声。全部……私の声。

振り向くと、K通りいっぱいに、一面に、私が立っていた。

同じ服装、同じ髪型、同じ顔。何度も何度もこの日を繰り返してきた私と全く同じ姿の私が、何十人もひしめいている。

男はナイフを握った手を宙に浮かせたまま、目をぱちぱちと瞬きさせた。夢を見ているのか、目がおかしくなったのか、確かめるみたいに。

私は、通りにひしめく私たちを見た。私と、私たちの視線が合った。

言葉はいらなかった。全ての私と私たちの意思が、しっかりと繋がり、合致した。

私はぼんやりしている男のジャンパーの胸元を摑むと、中学のときに授業でやった柔道を思い出しながら、思い切り地面に引き倒した。

「やっちまいなァ！」

わっ、と一斉に、私たちが男に襲いかかった。むちゃくちゃに摑みかかり、暴れる身体の上にのしかかり、ナイフを握った手首を踏みつけ、両手両足を押さえ込み、横っ腹を蹴り飛ばし、頭を踏みつけ、金的を蹴り上げる。

「よくも宮城野さんを！」

「おめーが死ねクズ！」

「二度とあの子に近づくなよ！」

「クソ野郎！　ゴミ！」

「ていうか通報！　通報しないと！」

私たちの何人かが一斉にケータイを開いた。周囲の家でも、さすがに騒ぎに気づいたのか、窓を開け見物している住人がいる。野次馬も集まってきた。どこから湧いてきたのよ。さっきまで人っ子一人いなかったのに。

私たちが踏んだり蹴ったりしている下で、男が奇妙な悲鳴を上げながらゲロを吐いている音が聞こえた。「撮影？」「映画？　バラエティー？」という野次馬の声が聞こえる。でも誰もケータイをこちらに向けて撮影したりはしていなかった。そうか、まだ写メも普及してないような時代だったんだ。

救急車とパトカーのサイレンが聞こえた。私たちは、一斉に逃げないとと思った。元の世界に戻らないと。

アスファルトの上で自分のゲロとおしっこにまみれて震えているボロボロの男を置いて、私たちは走り出した。野次馬を押しのけ、『ペガサス』のバックヤードまで。

一番最後にその場を逃げ出したとき、野次馬たちの中に、宮城野さんのまん丸く見開かれた瞳を見つけた。

思い切り走りながら、私たちは次第に面白くなってしまって、へらへら笑いだした。こんなのぜんぜんヒーローじゃない。あんな、ロングコートとサングラスでキメたかっこいい救世主なんかじゃない。今の私たち、タチの悪い走るゾンビみたいだ。

でも、成功した。

今夜、宮城野さんは死ななかった。殺されなかった。きっと、この先も。

「わははははは！」

明るい東京の夜空に向かって走りながら大笑いした。喉が痛くなったけど、かまわなかった。他の私たちも笑いだした。とんでもない光景だなと思った。

『ペガサス』の自動ドアが開くと、私たちは一斉にそこになだれ込んだ。

「うわぁっ?!」

ユウヤ君の悲鳴が聞こえる。きっとトラウマものだ。ごめんね、と思いながら、どんどんバックヤードに飲み込まれていく私たちを最後尾から見守る。

「えっ、えっ、ちょっと、なにこれ、えっ、晴子……サン?!」

完全にパニックになってしまったカウンターの中のユウヤ君に、申し訳なく思いながら私は一歩近付いた。

「ユウヤ君」

「は、はい⁈」

「あのさ、『タイタニック』って観たことある？」

「へ？　たい、たにっく？　あの、映画の？　や、観て、ないっス……ラブストーリー？とか、そういうのあんまし……」

「絶対観て。絶対に。あと『悪魔のいけにえ』も観て」

約束して、と言うと、ユウヤ君は真っ青な顔のままこくこくと何度も頷いた。

私はユウヤ君に軽く手を振って、バックヤードに飛び込んだ。


カラスの声が聞こえる。

カーテンの隙間から、はっきりと明るい朝日が部屋に射し込んでいた。それがビデオのパッケージを照らしている。

眼の前のテレビデオは、口から泡を吹くカニみたいに、ＶＨＳの挿入口からグチャグチャになった黒いテープをいっぱいに吐き出して、壊れていた。もう動かないだろう、というのがなぜか分かった。

寒さのせいかバッテリーが切れてしまったスマホを摑んで、私は立ち上がり、下の茶の間に行く。お湯を沸かして、コタツのスイッチを入れ、足を突っ込んで深いため息を吐く。

スマホを充電しながら、テレビをつけて、小さい音量にしてぼんやり眺めた。朝の情報番組が、今日は寒いけど快晴で洗濯日和だと言っている。そのうちポン、と小さい音がして、スマホが起動した。

私はかじかんでいる手をお茶を注いだ湯呑で温めてから、深呼吸して、フェイスブックのアプリを立ち上げた。

『宮城野　未来子』

検索マークを押すと、それはあっさりと見つかった。

兵庫県でお料理教室を経営している、宮城野未来子さん。アイコンの顔写真はダークブラウンのショートカットに健康的なナチュラルメイク。にっこり笑って、空色のボーダーTシャツに明るいオレンジ色のエプロンを着けている。でも、間違いなく、その顔は宮城野さんだった。

「お料理教室て。ウソでしょ……似合わねー……」

私は思わず笑って、それから、ぼろぼろ涙が出てきた。止まらなかった。袖で涙を拭いながら、彼女の投稿を遡《さかのぼ》った。わきあいあいとした教室の様子と一緒に、彼女がかなりガチに大衆演劇のオタクをやっているのがすぐに分かった。ウッソでしょ。美少年時代のレオ様とかジュード・ロウとか、バリバリに西洋な男子が好きだったくせに。全身黒でヴィレヴァン通ってたくせに。こんなのぜんぜん、予想できない。

教室の生徒さんや同業の人たち、オタク仲間と一緒に、楽しそうにしている宮城野さんの画像や投稿がたくさん出てきた。映画やサブカル漫画に関する投稿は、見つからなかった。

私は洟を啜りながら、震える指先でダイレクトメッセージを送った。

『こんにちは、宮城野さん。急なメッセージごめんなさい！　昔C区のレンタルビデオ店『ペガサス』で一緒にバイトをしていた、新座《にいざ》晴子です。覚えてますか？　今は神戸に住んでるんですね。今日偶然宮城野さんのフェイスブックを見つけました。懐かしくてメッセージ送りました。今度会ってランチでもしませんか？』

送信。早朝だから時間がかかるだろうと思ったけど、すぐに既読がついた。しかし、おっ、と思った次の瞬間、ブロックされていた。

「えっ」

っと前のめりになったけど、すぐに理由が思い当たった。

今の宮城野さんにとっては、私は、数回言葉を交わしただけの、ぜんぜん、ちっとも、少しも親しくないただのバイトの同僚なのだ。しかも二十年も前の。ファミレスで何時間も話したり、秘密にしていた一番好きな映画を教えたり、ノストラダムスの話をした相手じゃない。すっかりそれを忘れていた。そして私のフェイスブックアカウントはほとんど運用されてなくて、アイコンの写真は庭で適当に撮ったピンボケの花だし、投稿はひとつも無い。スパムかマルチの勧誘だと思われたんだろう。

「ハハ……」

もう見れなくなってしまった宮城野さんのアカウントのトップ画面を見て、私は笑って、それからスマホを置いた。元気だった。楽しそうだった。とっても。とーっても。

「あれ、今日早い――うわ、どうしたの、その顔」

杏が二階から降りてきた。たぶん涙でぐちゃぐちゃになっている私の顔を見て、ぎょっとした声を出す。

「あー、風邪、かも」

「うつさないでよ。今日仕事休めば？」

「大丈夫、大丈夫」

日本直販のなんでも台からティッシュを取り出し、思い切り洟をかむ。

そのとき、テレビでＣＭが流れた。今週末公開される、新作映画の宣伝だ。すっかりおじさんになった、でもハンサムなままのキアヌ・リーヴスが、おなじみの黒と緑のモチーフの中、ロングコートをはためかせている。

「ねえ、杏」

「なに」

「週末さ、映画館に一緒にこれ観にいかない？」

「え？　あー、なんかの続編でしょ。前のやつ知らない」

「どっかで配信してるから観ればいいよ。お母さんももう一度観たいし。十八年ぶりの続編だって」

「面白いの？」

「まだ観てないから分かんないわよ。未来は分からないの」

「なにそれ」

鼻白んだ声を出して洗面所に行く杏の、ずいぶん伸びた背丈を見つめる。そうだよ、未来は分からないんだ。恐怖の大王が来るかどうかも、誰と友達になれるかどうかも。杏にはまだ分からない未来がたくさんある。でも、私にだって、まだそれは残ってるはずだ。きっと。絶対に。

父の回数

僕の家のすぐ目の前には、小さな公園がある。入り口には『赤星町《あかほしまち》平和記念公園』と彫られたやけに立派な石碑が建ってるけど、遊具も池も花壇も無く、ぼろい木のベンチが三つと、ぼろくて陰気なトイレと、時計と外灯の付いた柱が真ん中に一本立っているだけの、とてもそっけない場所だ。十メートル四方くらいのほぼ正方形のそのスペースは、いつもしんとしている。子供も遊んでないし、たまり場にもなってない。錆《さび》だらけの水色のフェンスでコの字型に囲まれていて、そのすぐ外側にはありふれた一戸建てやアパートがみっしりと建っている。

ベンチにはときどき、七色に光る巨大なサンバイザーを着けたおばさんとか、パジャマみたいな格好で煙草《たばこ》を吸ってるお爺《じい》さんがぽつんと座っていて、あとは野良猫や鳩《はと》がうろちょろしている。このへんは全体的に道も狭くて建物も隙間なくぎちぎちに詰め込んである住宅街なので、唐突にぽかんと空いた公園の空間は、少し異様な感じに見える。

同じクラスの海老名《えびな》がうちに遊びに来たとき、一緒に二階の僕の部屋で公園を眺めながらそういう話をしたら、「グリッチアートだな」と言われた。聞いたことがない言葉だったので何だそれと言うと、海老名はスマホをささっと撫《な》でてGoogleの画像検索一覧を見せてきた。

「バグったゲーム画面とか、破損したデジタル映像っぽい表現様式のことだ」

「この公園が？」

スマホの中の〝グリッチアート〟はギラギラごちゃごちゃしていて、目の前の公園とは少しも似ていない。液晶が割れたときのテレビみたいなやつ、モノクロのざらざらした写真の上にピンクやグリーンの光がのたくってるやつ、目が痛くなるような画像がいくらでも出てくる。

直感で、好きじゃないなこういうの、と思った。

「ドットが欠けた画像に感じる不安や不快さに似てるんじゃないか。仙波《せんば》のその、異様な感じっていうのは。四角く欠けてるような空間だから」

海老名はスマホを自分の制服のポケットに仕舞い、また窓の外を見た。僕もそれ以上話は続けず、座布団の上であぐらをかく。

この部屋にはSwitchもテレビも今週のチャンピオンもあるけど、海老名がうちに来たときそれらで遊んだことは一度もない。僕らはたまに僕の家で、こんな風にお互い特に何もしないために集まる。空白の公園を眺めながら、空白の時間を過ごす。

学校に友達は何人かいるけど、家に遊びに来るような付き合いは海老名だけだ。向こうもたぶんそうだと思う。

海老名と話すようになったのは二年に上がってからで、去年は下の名前も知らないくらいの距離感だった。一緒のクラスになってからわりとすぐ、僕と海老名と、あと小林《こばやし》と目白《めじろ》というやつの四人がなんとなく一緒につるむグループになった。きっかけは覚えていない。本当になんとなくだ。

四人の中のキャラ分けはこんな感じだ。まず〝芸人系〟の小林が下ネタとかで騒ぎ、それに〝オタク〟の目白が同調して盛り上がり、話を振られた〝空気読めない〟僕が何かずれたことを言い、それに〝優等生〟の海老名がつっこむ。最初にこの四人で会話をした時から、実にスムーズにこのキャラ分けは完了した。僕はその時、とてもほっとした。

キャラが決まらない人間関係はきつい。マップもヒントも一切表示されないオープンワールドゲームみたいな感じだ。ゲームならそれも楽しいかもしれないけど、現実の、しかも同じクラスで話すやつらと僕のキャラが固定されていないというのは、地雷やトラップの埋まりまくったフィールドをめちゃくちゃに歩き回るような危険行為だ。そんな風にひやひやしながら毎日を過ごすのはごめんだ。

僕は誰かが「こいつはこういう奴《やつ》だろう」と思う印象からはみだしたくない。そのためには、話す相手が自分やこっちをどうキャラ付けしているか瞬時に読み取る必要がある。僕は安心したい。安心させたい。人が思う僕でありたい。

僕がこの世界でどういう人間であるべきかは、だいぶ前から決まっていた。僕はここでは、ほどほどに大人しく、穏やかで、しかし暗すぎたりはせず、まあまあ勉強ができて、同年代の多くが好きなものを好きでいて、スポーツも熱中はしない程度にやって、友達はいるけど悪いことをしたり馬鹿なことをやらかさない、はしゃがない、調子に乗らない、普通の、どこにでもいる、誰にも注目されない、されたいとも思わない人間であるべきなのだ。

今のところ、僕の生活はこの条件をほぼクリアしていると思う。特に無理をしているつもりもない。このあるべき僕は、もともとの僕の性質であるようにも思う。人見知りってほどじゃないけど、大勢で騒ぐのは苦手だ。勉強は好きではないけど、ひどい成績でもない。ワールドカップのある年は、なんとなくサッカーファンになる。でも好きな選手とかチームは特にない。ゲームはわりとやるけど、ギルドとか対戦相手が必要ない、ひたすら一人で遊べるやつが好きだ。アイドルとか、学校の女子とか、可愛《かわい》いと思う子はいるけど、好きとか本気で付き合いたいまで気持ちが行ったことがない。だからかっこよく見られたいとか、学祭とか体育祭で目立ちたいとか、あんまり思ったことがない。周りが盛り上がってれば一緒になんとなく盛り上がるし、周りが静かなら静かにしてる。無気力ってわけじゃない。やる気がありまくるわけでもない。普通だ。僕は普通であれと望まれ、そのまんま普通に育ち、生きている。

そういうわけで僕は学校では、特に面白い事を言うわけじゃないけどたまに天然ボケな発言をしてちょっといじられる、でもいじめられたりヤバい系の奴らに目をつけられたりはしない、平凡な生徒、仙波英雄《ひでお》として存在している。

「グリッチアートはその名の通りアートだから、人為的に作られてる。デジタルデータにわざとエラーを起こさせたり画像を加工して破損を演出している。だから本当のエラーでも破損でもない。壊れて間違ったアートを作って鑑賞するジャンルだが、つまりそれは本当は壊れても間違ってもいない。わざと作った破壊に破壊の面白さはあるのか？　それを作ったり鑑賞したりするのは馬鹿馬鹿しくないか？　だがその馬鹿馬鹿しさ、虚無さを含めてグリッチアートだという説もある。人間が生きるための営みから離れれば離れるほど芸術は純粋になるという観点で考えると、グリッチアートはかなり芸術性が高い。馬鹿みたいだからな。こういう馬鹿みたいなことは人間しかやらないことだから、かなり人間らしいアートでもある」

僕は小さく頷《うなず》きながら海老名の話を聞く。それは外国語の音楽を聞くのに似ていて、話の内容はあまり頭に入ってこない。海老名もたぶんそれは分かっていて、僕の相槌《あいづち》や質問なんかは必要とせずに、流れるように、滑らかな発声で好きなように喋《しゃべ》り続ける。

人間関係は、キャッチボールだ。相手が投げる。こっちが受け止める。こっちが投げる。相手が受け止める。投げるときは相手が取れるものを取れる位置に投げなきゃいけないし、相手もそうすべきだ。でないとその人との間の関係性はとんでもないところに飛んでいってしまって、つまり、成り立たない。僕はこのキャッチボールをできるだけ成功させたい。それもまたこの世界で僕がすべきことだと思うからだ。この投げる⟷受け止める方式の会話をしない相手は、今のところ、海老名だけだ。

海老名も学校ではこんな風に長々と喋り続けたりしない。逆に僕のほうがよく喋って、海老名は無口なタイプという評判がついている。この部屋の中での会話とも呼べない会話を、クラスの他のやつが聞いたらきっと驚くだろう。別人みたいだと思うかもしれない。でも教室での僕も今こうしてぼんやりしている僕も同じ人間だ。微妙に調整はしているけれど、どっちかで何か無理をしているわけじゃない。

「仙波、お菓子くれ」

頷いてハッピーターンの小袋を放り投げると、片手でぱしっとスマートに受け止めた。海老名は身長百八十センチ、体重百キロを超える巨大な男だが、その身のこなしは軽やかだ。前にテレビで観《み》た『007／スカイフォール』という昔の映画の主人公みたいなのだ。スマホをいじるのもノートを取るのも購買のビッグメンチカツサンドを食べる仕草も実に優雅で、みんなと同じはずの制服のブレザーを高級スーツのように着こなし、いつも背筋がぴんとしていて、今みたいに人んちのベッドの上で片膝立てて座ってる時でもだらしない感じがしない。そういう海老名を気取っているとか無駄に格好つけているとか嘲笑《あざわら》うやつもいるけど、僕は普通に格好いいと思っている。

窓を開けているので、外の音がよく聞こえる。公園と家の間にある道を自転車が通り過ぎていく音、少し遠くで鳴っている「灯油～灯油～」という移動販売のスピーカーの音、すぐ近くの自動販売機で誰かが飲み物を買った音。他人の存在する音。僕もハッピーターンを食べ始める。軽い食感のスナックを噛《か》み砕《くだ》くさくさくという咀《そ》嚼《しゃく》音で聴覚が埋め尽くされ、すぐに外からの音が遮断される。こんな軽いスナック菓子でも他の音がぜんぜん聞こえなくなるのだから、小動物の骨とか植物の硬い実なんかをばりばり噛み砕いて食っている野生の動物は、もっとすごい騒音の中で食事をしているんじゃないだろうか。自分ちの自分の部屋とは違い、野生の世界で音が遮断されるのは恐怖だろう。動物たちは恐怖と不安の中で毎回食事をしているのだろうか。さくさくごりごり。げっ歯類の小骨を噛み砕く狐《きつね》のつもりでハッピーターンを食べる。この心地よい咀嚼音に気を取られていると、後ろから近付いてきた狼《おおかみ》に気が付かず今度はこっちが頭蓋骨を噛み割られる。さくさく、がりがり。

「冷えてきた」

あっという間に食べ終えた海老名が言い、僕はそうだねと相槌を打つ。もう十月だ。この時間に窓なんか開けてたら寒いに決まっている。立ち上がってそれを閉めるのがめんどくさい。

だから黙って座ったままでいる。ここに小林が居たら「いや窓しめろや！」とかエセ関西弁で〝つっこみ〟を入れられていたはずだ。けどここは教室ではなく僕の部屋なので、ひたすらぼんやりしている。海老名と一緒にいるのは、一人きりでいることに似ている。一人でいる以上に、一人を感じる。僕は一人でいることが好きだ。

「帰るわ。また明日な」

いつも通りに唐突に海老名が言った。僕は頷いて、部屋を出ていく海老名に手を振った。階段をたんたんと降りていく足音と、それからうぉっという声、こんばんはお邪魔してましたという声、玄関のドアが開いて閉まる音が聞こえた。

窓から身を乗り出して外を見ると、外灯のぼんやりした光に照らされた公園の前を、レッドカーペットのオスカー俳優のような歩き方で通り過ぎていく海老名が見えた。その背中が暗闇の中に消えて見えなくなるまで確認してから、窓を閉めて下に行く。

「お帰りなさい」

「おう」

リビングでは、仕事の冬用ジャンパーを着た父さんが立ったままリモコンを持ってテレビのチャンネルをぽちぽちと替えていた。

「友達来てたのか」

「うん」

「でかかったな。同級生か」

「うん。同じクラス」

「宿題でもしてたのか。テスト近いのか？」

首を横に振ると、父さんは何かに「納得」したような顔をした。

「遊んでても静かなもんだな、最近の子は」

ぱっ、ぱっ、とテレビ画面が切り替わる。ＣＭ、ニュース、ＣＭ、ＣＭ、バラエティ、ＣＭ。こういうのに確か名前がついていた。ザッピング。そう、ザッピング。父さんは仕事から帰るとまずこの作業をやる。切り替える速度は恐ろしく速く、一秒も停《と》まらず、次々と液晶画面にうちで見られる全てのチャンネルが現れては消えていく。このときの父さんは決して番組表を表示させないし、たぶんテレビ画面もろくに見ていない。テレビの中をかき混ぜる作業が、帰宅直後の儀式として必要な人なのだ。この家の中でそういう感じの儀式を必要としているのは父さんと僕だけだ。ほかにも、僕と父さんは似ているところがいろいろある。せわしなくチャンネルを替え続ける手元を、じっと見る。

父さんは、実の父親ではない。僕が三歳くらいのときに母さんが再婚した相手だ。僕は中学生になるまでそのことを知らなくて、それまで自分を、弟の大地《だいち》と同じように普通に父さんと母さんの間に生まれてきた子供だと思っていた。三歳以前の記憶なんてほぼ無いし、自分が小さい頃の画像とかも見たことないから、疑問に思ったことすら無かった。

自分が父さんの子供じゃないことを知ってから、子連れで再婚した女の人の話をネットで漁《あさ》りまくった。そこに書かれている地獄みたいな話を繰り返し繰り返し読むことでその年の放課後と休日は全部潰れた。僕は殴られも蹴られもせず、食事や服に差もつけられず、小遣いも普通に貰《もら》えて学校にも通えている。煙草の火を押し付けられたり進学を諦めさせられたりしているネットの向こうの人たちとはぜんぜん違う。僕はすごく普通の生活をしながら、他人の不幸を読み漁ることで自分を安心させていた。他にどうすれば頭と腹の中で暴れ回るでかくて黒い犬みたいなものをなだめられるか、分からなかった。

母さんは「ばれた」その日以降もその前も僕の実際の父親の話は一切しなかったし、訊《き》いても答えないしはぐらかすし、父さんも変わらないし、大地はまだぜんぜん子供だったし、僕だけが馬鹿みたいにショックを受けていて、日常はそのまま続いて、それがとにかくしんどくて気持ち悪かった。

不謹慎かもしれないけど、逆にもうちょっと、父さんが僕のことを「この連れ子め」とか言ったり、母さんが大地と僕への接し方を変えていたりしたら、何かを納得できたかもしれない。何かはうまく言葉にできないけど、何かを。でも何も変わらない毎日が続いて、母さんも取り繕ったり逆に優しくなるなんてこともなく普段通りで、もう僕には父さんも大地も前とは同じ存在に見えなくなってしまっているのに、あまりにも何も変わらなくて、どこにも誰にもぶつけられない。だからインターネットのめちゃくちゃな話を読むしかなかった。この世の最悪の全てがそこにあった。

嫌な話、悲惨な話ほど僕の頭は満足した。工作の時間で使ったことがある、サンドペーパーで磨かれるような感じ。ざらざらした痛い紙でこすると、なぜかがさがさの木の板が滑らかになっていく。僕はそうしてあらゆる下世話でひどい家族・親族間のどろどろ話を読みまくって、心を滑らかに落ち着かせていった。効果はあったと思う。今も父さんを父さんと呼べているし、母さんにも大地にも普通に接してる。家に居づらかったり学校に行きたくなったりもしていない。知らない誰かの不幸が、僕の生活を救った。

六時のニュースの画面でザッピングは止まった。父さんはやっとソファに腰を下ろす。首に掛けていたタオルで顔をごしごし擦りながら、テレビの真正面に構えて仏像のように動かなくなる。夕飯の支度ができるまでここから動くことはない。小腹が空いてきたのでお菓子類を入れてある箱を漁っていると、外からうちの車のエンジン音が聞こえた。母さんと大地が帰ってきた。

「荷物！」

玄関から大声が聞こえたのですぐに向かう。両手にパンパンの買い物袋と持ち帰り用の買い物かごを持った母さんが上《あ》がり框《がまち》にどんどんとそれらを置き、またすぐに外に出ていく。牛乳六本、でかいキャベツ二つ、でかい大根一本、エリンギ三パック、えのき四袋、小松菜四袋、みりんとめんつゆのでかいボトル、卵四パック、豚こまと豚ひき肉のパックがぎっちり詰まったビニール袋、冷凍食品が入った銀色のバッグ、糖質ゼロのビール二パック、柿の種、ベビーチーズ。主に僕と大地の胃の中に入るたくさんの食材。ずっしり重いそれらの袋を台所に運ぶ。大地は手伝わない。最近「難しい年頃」に突入したらしい。反抗期というやつだ。「お兄ちゃんが何も無かったから油断してた」と母さんは言う。大地は週に一回、二駅先の街で手品を習っている。でっかいショッピングモールの中のカルチャーセンターで母さんは迎えに行くついでに大量の買い物をしてくる。大地は今「難しい」ので、習い事のお迎えに母親がやってくるのが嫌なのだ。だから手伝わない。せめてもの抵抗なんだろう。

「気持ちは分かるぜ」みたいなことを、兄として言ったほうがいいんだろうか。でも正直、そういうのがぜんぜん分からない。僕は「難しく」ならないまま十七年生きている。母さんと買い物してるところをクラスのやつに見られても恥ずかしくないし、迎えに来てもらったら、ただラッキーだと思う。大地は小さい頃から怒りっぽくて、去年は怒鳴り声と叫び声以外発してないくらいひどかった。最近は、それを通り越して喋らないという抵抗をしているらしい。とにかく家の中では口を開かない。何か用事があるときはＬＩＮＥを送ってくる。母さんは最初のころはその態度にキレていたけど、最近はもう何も言わない。父さんはもともと無口だし、家では僕も無口だし、母さんも声は腹から出てでかいけどあんまり明るいタイプじゃないし、うちは物凄《ものすご》く静かな家庭になってしまった。テレビの音だけが賑《にぎ》やかで、あとは目の前の空白の公園のように静かだ。

母さんは台所に立ち、大地はさっさと自分の部屋に引っ込み、父さんはテレビを無言で見続け、僕はぼんやり食卓の横に立っている。それぞれがそれぞれのことに集中し、お互いの存在は感知しているのに黙りこくっている。

人が集まっているのに誰も喋らないことを、「重々しい空気」と表現している文章を読んだことがある。うちは重々しい家庭なんだろうか。蛍光灯に照らされたリビングの、父さんの頭の上あたりの何もない空間を見つめる。そこには何も無いように見える。重さのあるものは何も。

弁当箱を開ける。白い米、赤く小さなカリカリ梅、エリンギと細切りのピーマンと玉ねぎと肉を茶色く炒《いた》めたやつ、半分に割った茹《ゆ》で卵《たまご》。今日は「基本の弁当」だ。高校に入ってから百回以上はこの弁当を食べている。何もかも全部、見た目通りの味がして、絶対に僕を裏切らない弁当だ。

「なー、見てコレ見て。梶《かじ》パン、狂っとる」

小林が僕の机の上にラップに包まれたコッペパンを置いた。購買で売っているやつだ。昼休みに梶原《かじわら》食品という店が軽バンで運んできて販売するので、梶パンと呼ばれている。おにぎりも売るけど、それもなぜか梶パンと呼ばれている。メニューの大半は、巨大なコッペパンの真ん中に具を詰めたものだ。メンチカツとか焼きそばとか玉子とかの定番のほかに、ちょくちょく得体の知れないものを挟んだやつが売られている。生徒の間ではそういうイレギュラーなやつは「実験」と呼ばれていて、評判が良ければレギュラー入りすることもあるらしいが、たいていは数回売られただけで消えていく。今日の小林が持ってきた「実験」は、パンの間に米が挟まっていた。

「チャーハンパン、狂いでしょこれ」

ふふふ、と笑いながら小林はスマホでパンの写真を撮る。炭水化物に炭水化物が挟まっているのが笑いどころなんだな、とやっと気が付く。焼きそばパンやナポリタンロールだってあるんだし、そこまでおかしいものでもない気がするけれど、見るからにべちゃっとした冷めたチャーハンが挟まったコッペパンは、紅生姜《べにしょうが》や青のりをつけた焼きそばパンのようなデザイン性は皆無で、地味な芋虫めいている。確かにちょっと不気味でおかしい。普通のスーパーやコンビニでも見たことがない。小林はこんなまずそうなパンを、「ネタ」のために買った。同じ代金でもうちょっと美味《おい》しいものが買えるのに。

小林は、ウケるため、笑いをとるために毎日毎日身を削っている。クラスの中や学内でも面白いやつ扱いはされていないのに、それでもいつも、小林は日常にある小さな宝物を探すようにウケるネタを探し続けている。きのうのテレビ、新しいCM、SNSに流れてきたバズネタ、登下校時に見つけた何か。それは僕も含めた大多数の人の目からはこぼれ落ちてしまっているものだ。それを一つもこぼさず掬《すく》い取《と》ろうとしている小林は、ひたむきで、真摯だ。真摯さって、かっこいい。小林はかっこいいより面白いと思ってほしいんだろうけど、残念ながら面白くはない。

「昨日のDX《デラックス》でさー……あっ仙波わかんねえか」

僕は頷いて弁当を食べ始める。小林は撮影が終わったチャーハンパンと、玉子サンドとばくだんおにぎりを食べ始める。

僕の家ではバラエティ番組を視聴することが推奨されていない。禁止ってほどではないが、母さんがとにかく嫌いで、父さんも興味はないらしく、どちらかがリビングに居るときはうちではバラエティは流れない。大地はスマホで見てるっぽい。目白もテレビは「オワコン」なので見ないと言う。海老名はいろんな番組をめちゃくちゃ見ている。だから学校では、小林は海老名とよく話す。

「エビちんメシ食わないのかな」

いつもならとっくに購買から戻ってきて大量の梶パンを食べているはずの海老名の姿が今日は見当たらなかった。海老名はたいてい購買で昼食を調達していて、弁当を持ってきたのは今のところ一度も見たことがない。そのことであいつの家は金持ちだという噂《うわさ》が定着している。確かに最低価格が七十円の梶パンでも、それを週五で大量に買うのはかなり昼飯代を貰っていないと無理だ。バイトしているという話も聞いたことがない（たぶん、してない）。海老名の家がリッチかどうかは、僕でも知らない。遊びに行ったことはないし、海老名も自分ちのことは話さない。話さないのなら、訊かない。小林は自分の家や家族をよく「ネタ」にするのでかなり細かい個人情報まで知っているし、目白んちはこのへんでちょっと有名な、テレビとかたまに出る中華料理店なので、なんとなくの情報をほぼ全校生徒が知っている。

「仙波って進学？　予定」

「え、うん」

口に米を詰め込んだまま頷いて、飲み下してから「急だな」と言った。

「だよなー」

机の上にTwitterを表示させたままのスマホを置いて、小林はチャーハンパンを食べ続ける。そのついでの「だよなー」に、少しイラつく。僕が進学を選ぶことは小林にとって想定内の出来事というわけだ。誰かの想像の通りの自分でありたい。でもこの「だよなー」はなんだか嫌だった。

「小林は？」

「決めてね」

「もう、二年終わるよ」

決めてないはずがないだろ、と思った。小林はもう絶対に進路を決めていて、しかしそれを僕に言うつもりがないだけなのだ。自分をどこまで開くか相手を見て決めているんだと思う。それは僕もそうだけど。僕は小林の本気の進路の話を聞ける人間じゃないんだろう。僕はどうだろう。僕がもし進路のことを真面目に考えていたら、それを小林に言うだろうか。

「エビちんは進学かな。目白は専門行くらしいけど」

「知らない。そうなんじゃない」

海老名からも進路の話は一度も聞いたことがない。高卒で就職する海老名というのは想像が難しかった。働いている姿そのものが想像しにくい。ああいうかっこいい人間が働ける場所がこの世のどこかにあるんだろうか？

どっちにしたって進学か就職か。つまりはそれだ。その二つだ。他の選択肢は、僕らには何もない。あるのかもしれないけれど、それは選択肢の数に入れてはいけないと何かに言いつけられている。誰かに？　いや、何かに。具体的にそれしか選択するなと言われたことはないけれど、僕らはそう言われているのを知っている。何かに。Something に。

僕もその二つ以外の選択肢なんてろくに思い浮かばないし、九〇パーセント大学進学を選ぶだろうと小学生のころから分かっていた。浪人はできないし美大や医大は難しいが、奨学金を取れれば私大でも四年は通わせてもらえる。それが僕が今持っている特典で、これをそのまま使うのが一番正解な行動だろう。本音を言うと、進学も別にしたくてするわけじゃない。勉強したいこともない。サークルに入って趣味を楽しむぞみたいなのもない。趣味がない。就職もしたくない。僕は何もしたくない。海老名と過ごす放課後のように、黙って公園を見つめていたい。誰ともキャッチボールせずに、何かが抜け落ちたような空白の空間を眺めていたい。

放課後の教室は寒い。それまで詰まっていた人間がいなくなると、体温で暖められていた空気が一気に冷えていく。もう薄暗い校庭では運動部が元気に動き回っていて、その奥にあるプレハブの文化系部室棟も窓を蛍光灯で白く光らせている。学校が終われば、僕はもう何もやることはない。塾にも通っていない。授業が終わったあとも学校に残ったり、追加で勉強する情熱ってみんなどこで手に入れてくるんだろうか。この高校は部活必須じゃないから、最初からどこにも入る気はなかった。内申に響くらしいし、家でも部活はやっといたほうがいいと父さんに言われたけど、授業やクラスという枠組みを外された中で、他の生徒とどう過ごせばいいか、また調整をしないといけないことを考えるだけで面倒だ。面倒なのは嫌だ。

所属する場を増やすこと、居場所を増やすことって、それだけ違う自分を作ることになる。家の中の僕と教室の中の僕が違うように、僅かな違いだけど、その場所用の僕を作ることになる。それがすごく、すごく面倒だ。

ほとんど人のいなくなった教室でのろのろと帰る支度をしていると、清掃の時間にも姿が見えなかった海老名がぬっと現れた。

「帰るか」

「うん」

バッグを背負って、海老名と一緒に学校を出る。正門を出るとすぐ真正面に、角度のきつい上り坂が長く伸びている。ここを自転車で一気に登り切ると、校内のヒーローになれる。でも去年、三年の女子の先輩が達成したら、それまで毎日のように挑戦していた全学年の男子たちはそんな〝競技〟なんて初めから無かったみたいに、ぴたっとやめてしまった。男子の間でそのことを話すのもタブーみたいな空気になった。だから僕も、それについては何も言わない。

「今日、クリエ寄る」

坂道を荒い呼吸で登りながら海老名が言う。クリエというのは駅まで行く途中にあるでっかいデパートで、一番上の階には映画館まで入っている。クリエの四階にはこの辺りで最後の一軒になった書店とCDショップがあって、海老名はしょっちゅうそこに行きたがる。僕は本はあまり読まないし、買うなんてもっとしない。海老名がたまに買う青い背表紙の文庫本は、文庫なのに余裕で千円超えるのばっかりで、中には週チャン一ヵ月分以上の値段のものもある。海老名はなんでもない風にそういう本を買うが、僕に読めとすすめたり、読んだ本の内容を話すことはない(いや、話してるかもしれない。それを僕が本の話だと分かってないだけで)。目白は何度聞いても覚えられない長いタイトルのゲームのオタクで、その話を仲間とするためだけに放送部に入っている。小林も好きなバラエティとかお笑いの話をいつも楽しそうにしている。何か好きなものがある奴は、それを話したがる。海老名とか、大地とか、好きなものがあるのに何も喋らないやつは珍しい気がする。それとも、僕が話すに値する相手だと思われていないだけなのか。

坂を登り切ると、辺りの風景が急に変わる。学校の周りは窪《くぼ》んだ坂の底にある湿っぽい住宅街だが、坂を上がると街は賑やかになる。街灯に派手な色の旗が下がり、クリエに続く歩道は唐突に海外ドラマに出てくるみたいな赤いレンガ敷きになる。音楽も聞こえる。音楽のことはよく知らないけど、たぶんこれはジャズだろう。うねうねしたメロディの、大人っぽい雰囲気の、ピアノと金管楽器とシャカシャカしたリズムで演奏される音楽。クリエの前の道路ではいつもこういう音楽が流れていて、街に勝手にBGMをつけている。この音楽の射程に入ると、電動アシスト自転車に子供と大荷物を乗せてる女の人とか、同じ高校の女子集団とか、派手なスカジャンの歩き煙草のおっさんとか、そういうものが強制的にCMの世界に突っ込まれてしまう。僕と海老名もそうだ。放課後にだらだらと歩いているただの高校生が、他人の作った映像の一部みたいになってしまう。無神経な音楽だなといつも思う。

クリエの中は、目にしみるくらいギラギラした明るさの下、街中の人間がいるんじゃないかと思うくらい混み合っている。一階は食品売り場とドラッグストアだ。この近所には他にもでかいドラッグストアが三軒もある。確かめたことはないけど、たぶん売ってるものだって値段だってそう違いはない。スーパーだってコンビニレベルの小さいやつも含めれば歩ける範囲に十軒くらいある。シムシティで作ったみたいな街だ、と海老名は言う。そういうゲームがあるらしい。コンビニの向かいにコンビニがある街。一階がパチンコ屋のマンションが三棟ある街。スポーツショップが潰れたあとにゲオになってそれが潰れて携帯ショップになって潰れてたこ焼き屋になって潰れて変な名前のパン屋になってそれもつい先月潰れた街。交番の裏手が元駐輪場の屋根付きの空き地になっていて、冬期以外は近くの大学生がスリルを求めてそこでセックスして、近所のアパートの人や警察官がそれを覗《のぞ》いている街。シムシティではそういう街が作れるらしい。

人混みをかき分けてエスカレーターに乗り、寄り道せずに四階まで上がる。四階にはフードコートもあるので、フロアに入った瞬間、ラーメンとうどんの出汁《だし》の香りが漂ってくる。エスカレーターを降りてすぐのところには紫色と水色と緑色で埋め尽くされた女子向けの店がある。そこに置かれているのは、みんな可愛いものだ。よく分からないものもあるけれど、可愛いからここで売られているんだろう。デフォルメされた蛸《たこ》やカエルのぬいぐるみ、小さい毛布みたいな布、ピエロの服みたいなパジャマ、何に使うのか分からない瓶に入ったきらきらした何か。ちょっと近付くと、出汁の香りに対抗するように、母さんの使うヘアスプレーみたいな匂いがぐっと押し返してくる。店内のあちこちに白い蒸気を吹き出すアロマの加湿器が置いてあって、それがラーメンとうどんから可愛いものを守ろうと頑張っている。蒸気のガードの下には他校の女子とか私服の女の人がうろうろしていて、棚に並ぶ小さい何かをじっと見つめたり手にとったりしている。ここには結界が張られてる。僕が一人で、真顔で、このアロマのガードをくぐることは難しいだろう。ぬいぐるみにもパジャマにも用事はないけれど。この店がクリエに出来て僕が知ったのは、女子が使う結界はピンク色ではないということだ。ここは淡い寒色の領域だ。

本屋に到着すると、いつも通り海老名は目的の棚のほうにさっさと、秘密の任務を遂行するように突入しいなくなってしまったので、僕はなんとなく入り口のあたりをふらふらする。そこの棚はいろんな本が液晶モニタを囲むように並べられ、『話題！　１００万再生読書YouTuberもるたんが選ぶ号泣本！』と書かれたポップが貼られ、音を消した字幕付きのYouTube動画が流れている。バケットハットを被《かぶ》った何歳だか分からない男の人の口の動きに合わせて、『マジ　本気泣き』や『これで泣かない奴　鬼』などの大きな字幕が次々と表示される。棚に並んでいる本を見ると、『アルジャーノンに花束を』とか『君の膵臓をたべたい』とか、僕もタイトルだけは知っている本がいくつかあった。

本を読んで泣くって、どういう感じなのだろう。今までそういう経験をしたことがない。小さい頃とかあったのかもしれないけど、少なくとも覚えていない。真面目に考えなきゃいけないフィクションを読むのは苦手だ。漫画は読むけど『バキ道《どう》』で泣いたりしないし。このYouTubeみたいに、泣けるって宣伝されているものはよく見る。映画も、配信のドラマとか、電車の窓に貼ってある漫画の広告とか。「泣ける」と言われて、よし買おうとなる人が多いから、それが広告になっている。つまり、泣きたい人がたくさんいる。物心ついてから泣いたこと、もちろんあるけど、だいたい思い出したくもない嫌な記憶とセットだ。わざわざあれを、お金出してまでやろうとは思わない。泣きたい人というのは本当にそんなにたくさんいるんだろうか？

「こういう動画の中で帽子被ってる姿って、妙に違和感があるな。室内だし」

いつの間にかすぐ横に海老名が立っていた。手には本屋の袋を下げている。

「海老名も泣ける本とか読む？」

「読んで泣くことはある」

「うっそ」

「しょっちゅうある」

えー。なんだか裏切られた気分になり、僕は変な表情をしたらしい。海老名が「なんだその顔」と笑った。

「悲しい話読んで泣く感じ？」

「それもあるし、胸に迫って泣くこともある」

「今まで一番泣いた本ってなに」

「教えない」

モニタに流れ続ける『泣ける！』の文字をしばらく見てから、海老名は「うどん行くか」と言った。

フードコートの丸亀製麺でうどんを啜《すす》ってから、また寄り道せずにまっすぐ一階まで降りる。口の中は入れ放題の葱《ねぎ》の匂いでいっぱいになっている。僕はつい限界まで天かすと葱を入れてしまうが、海老名は大盛りのうどんの地肌が見える程度に、上品に入れる。クリエのフードコートには、同じ制服の生徒がたくさんたむろっている。お互いに視界の端で存在は確認しているけれど、じろじろ見たり、声をかけたりはしない。制服は着ているが、今はそれぞれプライベートの時間なのだ。そこに学校の関係を持ち込んではいけない。あえてプライベートの時間に学校の概念を持ち込み他校の生徒とあれこれしている不良の人たちもいるけれど、よっぽど学校が好きなんだなと思う。

「寄るとこある」

僕が言うと、海老名はあからさまに嫌そうな顔をした。今度は僕の儀式に付き合ってもらう番だ。クリエには出入り口が二つあって、サブのほうのそれの前には小さいプレハブが置いてある。宝くじ売り場だ。僕は毎週、ここで宝くじを一枚買う。

三百円を出してぺらぺらの長方形の紙を受け取り、慎重に折りたたんで財布にしまう。その一連の動作を、海老名は本当に嫌そうな顔をして見ている。

「ストレートに言わせてもらうが、それは馬鹿な行為だ。そういうことに毎月千二百円も使うのは無駄だ」

ジャズをBGMに赤レンガの道を歩きながら海老名が言う。

「でももし当たったら？」

「当たらない」

「絶対ではないじゃん。買わないよりは○・○○○○……何パーセントか、確率は上がる。ゼロじゃなくなる。それが重要」

「それに賭けて、抽せん日をわくわくしながら待つのか」

「そう。それまでは生きる希望がある感じ」

「暗いな」

「そうだよ」

僕はにやにやしてしまった。僕が暗いのを海老名が知ってくれているのが嬉《うれ》しい。

「もし当たったらどうするか訊いてくれよ」

「もし当たったらどうする」

「何もしない。部屋でぼーっとしてる」

「暗いぞ」

「海老名も一緒にぼーっとしていいよ。ぼーっとする生活は金かからないだろうから、一等が当たれば海老名くらい余裕で一生養える」

「あの四畳間でじじいになって死ぬまでぼーっとしてるのか」

「そう。最後は溶けて黒いシミになる」

「なんだそれは」

「人は死ぬとそうなる。遺品整理の動画とか見たことない？　ゴミ屋敷の中で長い間誰にも見つからないで死ぬ人が居て、そういう人は黒いシミになる」

「それが仙波の将来のビジョンなのか」

「そう」

「暗い」

「そうだよ。いや、そうかな。実はそんなに暗くも悲惨でもない感じがする。静かでさ……静かでいいと思う」

　僕は想像してみた。四角い公園を見下ろす僕の四畳の部屋で、じじいになった僕と海老名がぼーっと座っている。ふたりともカサカサに乾いてしわくちゃで、ハゲか白髪で、積んである大量のゴミ袋と見分けがつかなくなっている。そうして、ひたすらぼーっとしている。窓からはのどかな太陽の光が差し込んで、風がカーテンをなびかせる。あの公園は空白のままで、鳩が首を振りながら歩くそこを僕らはひたすらぼーっと見つめる。

駅で海老名と別れ、ほとんど営業している店舗のない商店街を通って家に帰る。明かりがついているのはコンビニと学習塾とクリーニング店だけだ。十年くらい前までは、老夫婦がやっている洋食店と、同じく老夫婦がやってる定食屋と、小さい書店と、文具店と、焼き鳥居酒屋と、TSUTAYAがあった。クリーニング店の入り口のガラスには、ここ以外で見たことのない歌手の大きなポスターが貼ってある。赤茶色に染めた髪を膨らませ、深緑色のギラギラしたスーツを着て、眉毛を細くして化粧をしている男の人の横に『熱風！ 男時代 TAKERU』と白い筆文字で書いてある。どういう歌なのか、このポスターからは一切読み取れなくて、それが面白くて毎回通り過ぎながら目で追ってしまう。聞いたらたぶんがっかりするんだろうなと思う。小林がこのポスターを見たら、何らかのネタにするだろうか。それとも、この程度の「おかしさ」はありふれているだろうか。

学校から家までは、歩いてちょうど十分くらい。近いのは楽でいいけれど、休校にならない限り台風だろうが大雪だろうが登校しないといけないのは少し嫌だ。でも電車に乗ったり、さらに乗り換えたりしないといけない学校は、めんどくさくて不登校になってしまいそうで怖かった。徒歩通学の今だってめんどくさいことには変わりはないが、学校に行かない理由が一つ潰れているので、今日も制服を仕方なく着る気になれる。

元気のない商店街を抜けると、もうすぐ僕の家だ。公園の外灯が目に入る。この季節のこの時間になるともう人がいることは稀《まれ》だ。だから、ど真ん中に二つの人影を見つけてかなりびっくりしてしまった。

スポットライトのように公園の真ん中を照らす光の輪の中に、二人の女の人がいる。片方は、母さんだった。

母さんは、母さんより少し年上に見える知らない女の人と向き合って、少し俯《うつむ》き気味にじっと立っていた。普段着で、靴もサンダルだ。女の人は大きな赤紫色のスーツケースを持っていて、もう夜なのにつばのでかい帽子も被っていて、首に派手なスカーフを巻いていた。観光客ふうの格好だが、この街に観光するものなんて何も無い。本当に何も無い。この街には住宅と学校とでかい病院とでかいクリエと住宅と住宅と住宅しかない。

僕は足を止め、二人の視界に入らないように隣のアパートのゴミ捨て場の陰に隠れて、そっと公園を覗き込んだ。帽子の人が、身振り手振りを交えて何か熱心に喋っている。母さんはずっと黙っているみたいだ。身体《からだ》の両脇にだらんと垂らした手が、なんだか怖い。

楽しい話じゃなさそうだな。帽子の人の声のトーンがたまに高くなり、振り回す手の動きはだんだん大きくなる。母さんは俯いたままだ。しばらくして、母さんは右向け、右のように唐突にくるっと身体を回転させ、まっすぐに家に向かって玄関から中に入りばたんとドアを閉めてしまった。公園に取り残された帽子の人は、こっちまではっきり聞こえる声で「ちょっと！」と叫び、それからうちのピンポンを何度も押してドアもがんがん叩《たた》いたが、五分くらいそうした後、スーツケースをがらがら引いて肩をいからせて駅の方に去っていった。

僕は帽子の人の姿が見えなくなったのを確認し、ゴミ捨て場の陰から出て、息をひそめながら公園に入った。無人で、静かだ。二人が立っていたあたりは地面の砂に足跡とスーツケースの車輪の跡がたくさんついていて、荒々しい模様を描いていた。

公園を囲む家やアパートの窓にいくつか明かりがついている。誰かが窓からこっちを見ているような気がしたが、自分ちを含めそんなことをしている人の影は見当たらなかった。すぐに家に入るのがなんとなく気後れして、そのままベンチで十分くらいぼんやりしてから、帰宅した。

「ただいま」

リビングはテレビがついていて、賑やかな音楽と英語が聞こえてくる。たぶん地上波じゃなくてネトフリを流している。母さんはソファの端っこに座って、反対側の端に積み上げた洗濯物をテレビを見ながら畳んでいた。いつもの光景だ。

「おかえり」

声の調子も普通だ。

「今日仕事休みだった？」

「代休」

母さんは自転車でちょっと行ったところのスナック菓子工場で事務をしている。たまに商品を持って帰ってくるけど、僕の好きなタイプのお菓子はあんまり無い。

さっきの帽子の人なんだったの。訊いてみたくてしょうがないけど、訊いたらきっと良くない雰囲気になるんだろうな。普段の口数は少ないけど、母さんは言い返す時には一切のタイムラグなしで言い返す。家にかかってくるセールスや詐欺電話も相手にほとんど話をさせず不要な電話だと判断したら瞬時に「いりません」でガチャ切りする。前に近所の人とちょっと揉《も》めたときも、少ない言葉でねじ込むように相手を威圧していた。そういう即断パワータイプの母さんが、あの帽子の人に一方的に言われっぱなしになっていたというのは、何かただごとでない、かなり普通でない事情があるに違いなかった。そこをつついて、その結果を受け止める元気が今の僕にあるかというと、なさそうだ。

玄関のドアが開く音、乱暴に靴を脱ぐ音、どすどすと廊下を歩いてそのまま二階へ上がっていく足音が聞こえた。大地が帰ってきた。前はこういう態度に母さんも毎日ただいまくらい言え、帰ってきたら手を洗えと叫んでいたが、今年に入ってから諦めたのか何も言わなくなった。

大地があういう態度をとることで、何をしたいのかがよく分からない。以前の僕のように腹の中で暴れる黒くてでかい犬がいるのかもしれない。もしそうなら、その原因が何かは分からないが、兄としてアドバイスできることが何かあるだろうか？　大地と僕は喧嘩《けんか》はほとんどしないけど、そもそもあんまりコミュニケーションをとっていない。僕からは「ヤフーの知恵袋とかはてな匿名ダイアリーで気持ち悪い返信バトルしてるのを見ると、気持ちがサンドペーパーでこすられたみたいに滑らかになるよ」くらいしか言ってあげられない。果たしてそれで大地の心も滑らかになるのだろうか。もしこのライフハックを知らないのなら、教えてやりたい気はする。

弟よ、嫌なものや気持ち悪いものや辛《つら》いものをたくさん見るんだ。そうすると、なぜか自分のほうは落ち着いてくる。兄さんはそうしてこんなに滑らかになったんだ。聞いているか、我が弟よ。心の中で歌うように呼びかけ、もちろん大地は答えない。

次の日も、昼休みの教室に海老名の姿は無かった。目白はいつも通り別クラスのゲーム仲間のところだし、小林も今日は別グループに混ざって妙にひそひそ笑いながら梶パンを食べている。僕は一人でいつもの弁当を広げる。小林はたぶん、エロい話をしている。下ネタではなく、エロい話だ。そういう話題のとき、僕は小林の選んだ輪から外される。小林の前でエロネタは嫌いだとか言った覚えもないのに、いつの間にか「仙波英雄はエロネタを話す相手ではない」と分類されてしまったようだ。

実際、今の小林とほか数名のように、物凄く楽しそうな顔でエロい話をする輪に入る自信はない。興味がないわけではないし、オナニーもするけど、それがあんな笑顔になるような楽しいこととはどうしても思えない。真剣にエロい話をしている他の男子の話に耳をすますと、だいたいみんな、自分のエロに対する好みやこだわりを話している。どういう女の子が好きかとか、胸の大きさとか、あるいはもっとえげつない、どんなシチュエーションでどんな格好でどういう行為を女の子にさせたいかとか。そういう話題を振られたら僕はどう答えるだろう。こだわりがないのだ。

ネットで嫌な話を読み漁っていたときに、広告とかでエロいものが見れるサイトを簡単に知ることができて、最初はそういうところのトップページを見てオナニーしていた。内容は毎日変化する。女の人の裸とか下着姿とか、セックスしている場面とか、ものすごい数のサムネイル画像が表示される。そういうのを見てると確かに興奮する感じはある。でも、どういう裸か、どういう下着が「いい」のか、ぜんぜん分からない。全部同じように見える。そのうち検索窓に「エロ」と打ち込んで出てきた画像をさっと見て済ませるようになった。写真と、漫画のやつが半々くらいで出てくる。それを見て、ちょっと興奮したら擦って出す。終わり。それを何回繰り返しても、自分がどういう女の子により興奮するか、どういう絵柄が好みか、ぜんぜん分からない。自分が実際にやってみたいセックスの想像も、浮かんでこない。

高校生になると急に、誰かが童貞を捨てたという噂がひんぱんに回ってくるようになった。中学時代にもあったそれはほとんど都市伝説のような空気をまとっていたが、高校生がする噂話は、ほとんどがウラも取れている本気の話だ。みんな中学時代ほどセックスを神秘には思わなくなったが、生々しさが増したぶん、その手の噂は一部の生徒の胸を刃物のように切り裂いているように見える。僕も誰かに、お前はまだ童貞かと訊かれたことがある。そうだと答えると、相手は安心したようだった。何かの競争が起きている。それにエントリーした覚えのない僕も、参加させられている。

童貞を捨てる、つまり他人とセックスをするということを、ネタではなく真剣に考えないといけないのがこの年頃らしい。父さんにも去年、彼女はいるのかと訊かれ、いないと答えたら、そこからいきなり避妊の方法を知っているかという話になり、ネットで読んだコンドームの話をしたら、頷いて「納得」されたことがある。とにかく妊娠はさせるな、相手には優しくしろ。それで終わり。あれがうちで僕にほどこされた性教育なわけだ。他人にセックスとか、恋愛的な意味で興味を持つのはどういうことなのか、自分は普通なのか異常なのか、そういう踏み込んだ話ができそうな雰囲気ではなかった。父さんとは仲が悪くはないと思うけど、この立場で「なんで母さんと結婚したの？　どうやって付き合った？」みたいな話はすごいしづらい。大地ならそういう話を父さんとできるんだろうか？

寒くなっても、チャンピオンの表紙には水着の女の子の写真が印刷されている。小林のエロ話の輪の一人は、こういうグラビアを見て「自分とその子がエロいことをしている想像」をしてオナニーするのだと喋っていた。輪の他のみんなも頷いていたので、それは一般的な使い方なんだろう。僕も試してみたが、他人に触ったり触られたり正直あんまりしたくないなという気持ちが先に来て、興奮をもよおすくらい具体的なことが考えられない。手に持っているグラビアのその子としたいかも分からない。それでもほっとくと溜《た》まってくる感じはするし、イライラもしてくる。だから出すしかない。来週新しいチャンピオンがコンビニに並ぶころには、そのグラビアの女の子の顔も名前も忘れている。

へそのあたりにボタンでもついていて、それを押したらさっと終わるようになってると楽だろうな。性欲そのものが無くなったらもっと楽なのか。そもそも僕のこれは性欲と言えるんだろうか。小林たちのように、情熱を持ってそれを楽しもうという雰囲気が、僕の下半身にはぜんぜんない。ちょっと面倒な排泄《はいせつ》の一パターンくらいにしか考えてなさそうだ。弁当を食べる。麦茶を飲む。これらは僕の血となり肉となり脂肪とか骨にもなり、あと精液にもなって、残りはうんことおしっこになる。食って出して、食って出しての繰り返し。

もしかして、これが一生続くのか？

突然、それに思い至って、箸を落としそうになる。

死ぬまで食って出し続けるんだ。僕だけでなく、ここに居るみんな。人類全員。

「やだな……」

声に出ていたのか、近くに座っていた女子グループが一瞬喋るのを止めて僕を見た。


死ぬまで食って出す運命に気付いてしまった憂鬱は、午後の授業をより眠くした。途中で一回本気で寝てしまって、がくっとなった拍子にノートを一枚、ボールペンの先で切り裂いてしまった。うわーと思っているうちに板書がさっさと消されてしまい、今何の授業を受けているのかも思い出せなくなる。

約束したわけじゃないけど、今日も海老名と帰るかと思った。しかし海老名は僕に声もかけずにさっさと教室を出てしまい、そうしたらもう僕は一人で帰る以外の選択肢はなくなる。納得できない要素はないけど納得できない気持ちになりながら帰り支度をしていると、後ろから急に「ね」と声をかけられた。

振り向くと、同じクラスの榊田《さかきだ》と、あと名前を知らない他クラスの女子が立っている。

「海老名くんってまだ学校いる？」

「あー、もう帰ったと思う」

「今日一緒じゃないんだ」

僕は頷く。榊田はもう一人の女子と一瞬見つめ合い、それからまた僕を見る。

「部活とかしてる人だっけ」

「海老名？　してないよ」

「そっかー」

もう一度、榊田は女子と見つめ合う。二人ともバッグに似たような小さいぬいぐるみのキーホルダーをつけている。紫と青緑。寒色の結界。

「分かったありがと。じゃあねー」

二人は手を振って、足早に教室を出ていく。何が分かったのか、何にありがとうなのか、僕にはまったく情報は渡されない。結界の中で交わされる暗号のやり取りは読み解けない。

いろいろなことに納得できないまま一人で坂を登り、一人でクリエの前を通り過ぎ、なんとなく途中でコンビニに入って、コーラグミを一つ買って出る。早く家に帰って自分の部屋でグミを嚙みながらぼーっとしたい気持ちと、帰りたくない気持ちが半分ずつある。顔に当たる風が冷たい。あと何キロでも歩けそうな体調だ。そんなことはしないと理解しながら思う。だって、めんどうくさいからな。今から何キロも目的もなく歩くなんて。途中で腹も減るだろうし、家から遠く離れたら帰るのだっておっくうだ。だからちょっと足が軽い気分だからって、どこかに寄り道したりはしない。学習塾の前を通り過ぎ、クリーニング店のTAKERUの前を通り過ぎ、公園の前へ。

「ね」

石碑の裏から、白いつばの帽子が飛び出してきた。本気でびっくりして膝ががくっとする。

「あなた、ここんちの子？　そうでしょ」

真正面の僕の家を指差しながら、昨日の帽子の人が石碑の裏から顔を出していた。ささやくように、しかし普通に喋っているのと同じくらいの音量で、真《ま》っ直《す》ぐに僕を見て話している。

「ヒロちゃんよね。そうよね」

目を見開いて、カッという効果音が付きそうな勢いで僕を見ているその人の顔にはなんだか妙な見覚えがあった。

「ヒロちゃんでしょ。そうでしょう」

石碑の裏から、帽子の人の顔だけでなく上半身も現れる。昨日見たのと同じような格好で、スカーフは替わっているのは分かった。昨日のは凄《すご》いピンク色で、今日のは真っ黄色だ。

「誰ですか」

僕の声はあからさまに不安そうだった。急に恥ずかしくなる。

「ヒロちゃんなのね。ああ……大きくなって！」

帽子の人が手を伸ばしてきたので、慌てて後ずさる。

「誰なんですか」

「そうよねえ覚えてないわよねえ。ほんとに小さかったから。まだ小さかったからほんと」

帽子の人の目には涙が溜まっているようだった。ピンク色の口をへの字にして、でも口角は器用に上げてトータルで笑顔になっていて、見ていて不安になる。

「おばさんのこと、お母さんから聞いたことない？　早紀《さき》おばさん」

頭を左右に振る。おばさん。それが一般的な三人称のおばさんでないなら、この人は僕の親戚のおばさんということになる。他人の年齢はよく分からないけど、五十歳くらいに見える。母さんより一回り上の感じだ。

「知りません」

「ほんとに？　あなたの、お父さんのお姉さん。生まれたときから何回も会ってるよ」

頭を振る。

お父さんのお姉さん。この「お父さん」が、父さんでないのはすぐに分かった。父さんに姉はいない。兄と妹がいる。それが僕の伯父と叔母だ。その人たちには何回か会っている。この人は違う。絶対に初めて会う人だ。

薄暗い中、帽子の人を見て何とか他に情報はないか探り出そうとする。このひとはどこから来たんだ？　背中に、自分ちの存在を強烈に感じる。振り向いてダッシュで玄関に飛び込んでしまえばこの人から逃れられる。昨日の母さんのように。

「ひどいよね。血の繋《つな》がったおばさんがいることも教えてくれないなんて。何回も遊んでるのよ。ヒロちゃん、可愛かったなぁ……おばさんちで飼ってたジロって犬と仲良しだったのよ。覚えてない？」

頭を振る。首筋の後ろがしびれてくる。僕の小さいとき。母さんは、僕に僕が小さいときの話をしたことがない。犬？　そんな存在と触れ合った時期が僕の人生にあった？　ぜんぜん覚えてない。犬なんて、今までほとんど触った記憶がない。

帽子の人の目からはとうとう涙が溢《あふ》れ出《で》て、それは黄色いスカーフで拭われた。それ、そういう風に使う布なんだ。黙ってその場で固まっている僕に、帽子の人は気味の悪い笑顔で一歩近付いてくる。

「どう。今のお家《うち》で、よくしてもらってる？　この家のお父さんどうなの。いじめられてない？」

「あの、何なんですか。何の用件なんですか」

帽子の人は手のひらをこっちに向けて「ちょっと待て」のポーズをすると、上着からポケットティッシュを取り出して思い切り洟《はな》をかんだ。かんだ後の紙は、ポケットに戻される。

「ほんとに、何も聞いてないの。あの人から。自分のお父さんのこと」

自分の心臓の音が自分で聞こえそうだった。何て答えたらいい？　これ、どういう態度をとるのが正解だ？

「迷ったのよ、私も。でもこんなのやっぱり間違ってる。死別したわけでもないのに、実の父親を、血の繫がりのある親戚のことを知らないなんておかしいの。ヒロちゃんも、本当のお父さんのこと知りたいでしょう？　会いたいでしょう？」

何て答えたらいい？

背中にじわじわと汗をかきながら、僕は心の中で海老名に助けを求めていた。海老名、お前ならこういうときどうするんだ。海老名、これの答えはググって出てくるものなのか。海老名、お前の読んでる本に正解は書いてあるか。どうすればいい。僕はこういうときに、どういう態度をとることを求められている？

帽子の人は今度は肩から下げているバッグに手を突っ込んで、オレンジ色の手帖《てちょう》を取り出した。

「ほら、この人よ。見える？　暗いわねここ」

手帖をぱっと開いて、僕の目の前に晒《さら》す。そこにはプリントしてある写真が貼り付けてあった。若い男の人が、ドラマのワンシーンみたいな、笑顔！　という感じの笑顔で、カメラ目線でこっちを見ている。ツーブロックの髪で、ひょろひょろした体格で、歯並びがたがたしていて、色白で顎にほくろがあって、腕に小さい、小さい赤ん坊を抱いている。

「あなたのお父さんよ。覚えてる？　写真とか見たことある？」

首を横に振った。制服の下で、背骨に沿って汗がだらだら流れ落ちていく。

「あの人に何て説明されてるか分からないけどね、頑張ってるの。まだ地元で頑張ってるのよ。寛司《かんじ》は。あなたのお父さん、寛司っていうの。知ってる？」

首を振る。

「生まれたときはね、あなた生まれたときは、三浦《みうら》だったの。三浦英雄がヒロちゃんのほんとの名前。知ってた？」

首を振る。

「あの人に何て説明されてるか分からないけどね」

帽子の人はまたそう言って、やっと手帖を閉じてくれて、そしてまたバッグに手を突っ込んで、封筒をひとつ取り出した。

「これ」

パンチを繰り出すように胸元にそれを突きつけられ、僕はまた後ずさる。

「これ、受け取って。連絡先書いてあるから。寛司の。お父さんの。連絡してあげて。あなたね、覚えてなくてもね、寛司の息子なの。私の最初の甥《おい》っ子なの。その繋がりをね、切ることはできないと思うのよ」

すり足で、帽子の人が僕が下がった分近付いてくる。封筒を見る。白い封筒。

「どう説明されてるのか分からないけどね、寛司は悪くない。悪いやつじゃない。あれは褒められたことじゃないかもしれないけど、犯罪でもなんでもないんだから。あんたの母親がここまでする必要はないと思うのよ」

おばさんの拳は完全に僕の間合いに入っていて、格闘漫画なら次のコマで殺されているシーンだと思った。サンドペーパーで滑らかにしたはずの僕の表面が、荒れて、毛羽立って、ざらざらになっていく。

家に入ると、母さんも父さんも大地も、まだ誰も帰ってきていなかった。トイレ前の廊下にだけついているセンサーライトがぱっと光ってすぐ消える。まっすぐ自分の部屋に上がって、電気はつけず、窓からそっとカーテンの陰に隠れて慎重に慎重に公園を覗くと、帽子の人はもういなかった。ほっとして、でもまだ部屋を明るくする気になれなくて、床に座り込んで、手の中の封筒を見る。

この中に、僕の実の父親の情報が入っている。そういうのも、漫画みたいだ。実の父親を追い求めて冒険する話、漫画にもゲームにもたくさんある。本当の父親を知りたい。それは危険な大冒険の動機になるくらい「強い気持ち」らしいんだけど、もう滑らかに磨かれた僕はさほど思っていない。知ってどうする。十七年、その人なしで僕は過ごしてきた。思い出の中、噂話の中にすらいない。さっき見た写真、あれが本当に僕の父親なのだとしたら、腕の中の赤ん坊は僕なのか。一生懸命写真を思い出すが、すでにぼんやりしてきている。あの人は僕に似ていたか？　ほくろは僕にもある。おでこの右上の方だけど。

どうして今、あの帽子の人は僕にこれを渡したんだろう。

一度深呼吸して、スマホのライトを頼りに封筒を開けることにした。のりがすぐ剝がれて、指を突っ込むと、半分に折られた紙が一枚と、千円札が一枚入っていた。紙のほうには「三浦寛司」という名前と、電話番号と、一度も行ったことのない県から始まる住所が書いてあった。

この千円はなんなんだよ。連絡先を書いた紙より何より、その千円が気持ち悪かった。いまライターとか持ってたら火をつけて燃やしたかもしれない。お金にそんなことをしてはいけないと思いながら、衝動的に千円札を丸めて部屋の隅に放り投げた。

手の中の紙の、「三浦寛司」の字を見つめつづける。これが実の父親の名前。まったく実感がわかない。今まで一度も親しみを感じたことのない漢字の並び。母さんは十七年間、この名前を隠し通すことに成功していた。この住所は、以前母さんが住んでいた場所なんだろうか。ここの出身なんだろうか。自分の幼児時代の記憶も情報もなければ、母さんの個人情報もまったく何も知らない。母方の祖父母に会ったことも、名前も知らない。そういうものだと思っていて、あんまり気にもしていなかったけど、もしかしてこれは異常なことなのか？

スマホのブラウザを出して、「三浦寛司」と検索窓に打ち込んで、それから消して、住所の最初のほう、県と市までを入力して検索した。市の公式ホームページが出てきて、それがすごく見づらくて、分かったのは、日本酒が有名なのと、冬が寒そうだということくらい。

画像タブに切り替えると、見知らぬ田舎の風景が次々と現れる。その景色の中に母さんや自分の姿を置いて想像してみる。変な気持ちだった。初めて見るローカルコンビニや花見の名所の画像。その街が現実に存在している証拠を今見ているのに、どうも嘘《うそ》のような気がしてならない。

しばらく画像を見て、それからもう一度「三浦寛司」と入力して、消して、もう一度入力して、今度こそ検索をタップした。

「あ」

小さく声が出た。予想していたのは二パターンだった。まず、普通に本人のFacebookかTwitterのアカウントが出て、あとは同姓同名の違う人のFacebookが出てくる場合。次に、さっきの帽子の人の口ぶり、そして母さんの行動から、何かよくない検索結果が出てくる場合。

後者だった。


午前の授業が終わると同時に、海老名の大きな背中がするりと教室の外に出ていく。僕は弁当もバッグから出さずに、そのあとをつけていく。

海老名は三階にある社会科準備室に入っていった。うちのクラスの担任がいる部屋だ。話し声も姿も見えないし、それ以上のスパイ活動を諦めてのろのろと教室に戻ることにした。

途中の渡り廊下の窓から、中庭を見下ろした。公園みたいないい感じの芝生と小さい池とベンチがいくつかあるけれど、芝生は立入禁止になっていて、ベンチも三年の不良の先輩が代々許可した者しか使えないという。ベンチ使用許可を与える権限が、毎年受け継がれていくのだ。どういう方法でかは知らない。たいして大きくもない学校の、小さい中庭の、小さいベンチに、権力が輝いている。今日は寒いから誰も座っていない。

今、ダッシュで中庭に出て、あのベンチに座ったり、座るだけじゃなく上に乗っかって踊ったりラジオ体操したらどうなるかな。ボコボコにされて終わりだろうけど、それだけじゃない、もっと楽しいことが起こったりしないだろうか？

「何してんだ」

「うわ」

振り向くと海老名が立っていた。

「昼飯終わったのか」

「海老名はもう食ったの」

「これから。中庭なんかあるのか」

僕は視線を中庭に戻して、例のベンチを指差した。

「ダッシュであそこに登って踊ったりしたらどうなるかなって考えてた」

「やりたいのか」

「ていうか、そういう奴がいたらどうなるのかなと思って」

「俺がやってもいいぞ」

「え」

「今日は無理だけど、タイミング見て」

「三年にボコられるよ」

「大丈夫。俺近いうち転校するから」

顔をひっぱたかれたみたいな気分になった。

「は？」

「親が転勤になるから」

「え、どこに」

「クアラルンプール」

「海……外じゃん。えっ、どこそれ」

「マレーシア。お前地理やばいな」

「いつ？」

「年内」

「すぐじゃん」

海老名の顔が、どんどんすまなそうな感じになっていく。ということは僕はよっぽど責めるような顔をしているのか。

「いつ決まったの」

「最近」

「今初めて聞いたんだけど」

海老名はすまなそうな顔で中庭のベンチを見て、僕を見た。

「すまん」

「いや、謝られてもさ……」

渡り廊下を何人かの生徒が歩いていく。先生も歩いていく。僕らは学年でも特に地味なグループに分けられているから、誰も注目なんてしない。

「ずっとマレーシアで暮らすのか」

「親の仕事次第だが、大学は向こうのに行くつもりだから」

帰ってこないんだろうな、と直感した。海老名はこの世界で浮き上がっている。マレーシアだとしっくりくるのかどうかは分からないけど、この街でメンチカツを食っているより海外で活躍しているほうが似合うのは間違いない。

「今日、帰り付き合ってくれよ」

僕は中庭に目を向けたまま言った。

「いいけど、何に」

「クリエの屋上。見せたいものがある」

　クリエの屋上は駐車場になっている。このへんで一番高台にある、一番高い建物の屋上だから、街が全部見渡せる。平日は停めてある車も少なくて、端から端までダッシュできそうなくらい開放感がある。ただ十年くらい前に飛び降りがあったので、張り巡らされているフェンスは高い。ここは誰にも会いたくないとき来るのに最適な場所だ。何より、場所を選ぶとＷｉ－Ｆｉが入る。

「今から再生するけど、見る前に頼みがある。この動画が何なのか、どうして僕が再生するのか、何も訊かないでほしい。ただ一緒に見ててくれ。それで、見た内容、誰にも言わないで」

　海老名は頷いた。

　店内のＷｉ－Ｆｉを拾う駐車場の隅で、フェンスに寄りかかって僕は自分のスマホを横にした。すでにYouTubeのアプリで、これから見る動画を表示させている。タイトルは「【閲覧注意】生配信中の壮絶窒息死…見殺しにする相棒（フル）」。アップロードされたのは二年くらい前で、サムネイルの画質は悪く、アップしているのも捨て垢《アカ》みたいなアカウントで、説明には

「ニコニコから転載」とだけ書かれてある。

再生すると、黒い画面に白い大きな文字が次々と表示され始めた。「○○年○月　YouTube史上最大の悲劇が起こる。生配信中の事故死…。ユニットYouTuber『エリンギパスカル』のコーペイさんが、皆の見守る中で非業の死を遂げた。地元食品会社とのコラボ企画…新商品のPR動画を撮影中の悲劇だった」

深刻そうな音楽が流れ、文字と一緒に「コーペイさん」単体の顔写真と、「エリンギパスカルの二人」と書かれた画像が出る。コーペイさんの横で笑っているのは、昨日帽子の人に見せられた写真の男だった。真っ青な長袖のTシャツを着て、コーペイさんと一緒に両手でピースサインを作り、その目の前のテーブルには白くて丸い饅頭《まんじゅう》みたいなものがピラミッド形に積まれた大きい皿が三つ並べてある。二人の背景には垂れ幕みたいなものが下がっているが、そこにはモザイクがかかっていた。

字幕は続く。「この日、エリンギパスカルは某社の新商品の饅頭早食い対決を生配信…。悲劇はその対決の中起こった」

画面が切り替わり、黒地に赤で「※ここから先、衝撃的な映像が流れます。精神的に繊細な方、未成年の視聴はご注意ください」という表示が出る。

動画が始まる。山積みの饅頭を前にした二人が、笑顔でそれを提供した食品会社の説明、新商品の饅頭の説明を始め、早食い対決で勝った方にその食品会社からプレゼントが贈られるという話を始める。僕の父親と言われた方の人は「じーやん」と呼ばれていて、高い声をしている。テンションも高い。トークになんとかギャグを差し込もうとして、会話のリズムを崩してでもなんとか苦心して面白いことを言おうとしているのがありありと分かる。スタートの合図が鳴り、二人は積み上げられた饅頭を両手に持ち勢いよく食べ始める。笑顔で。

すぐに、コーペイさんのほうに異変が起こった。肩を何度か上下させ、自分の胸をどんどんと叩き始める。「じーやん」の方はまだ夢中で自分の饅頭を食べ続けている。コーペイさんが机を叩く。そこでやっと「じーやん」は隣を見る。饅頭を咀嚼しながら。まだ笑顔で、素ではない、何かのパフォーマンスをしている人特有の雰囲気を表情に出している。コーペイさんが椅子から転げ落ちカメラに映らなくなって、「じーやん」が真顔になる。半腰で立ち上がって、カメラと、床に転がっているらしいコーペイさんの方を何度も交互に見る。手に饅頭を持ったまま。口の中に入っていた饅頭を咀嚼し飲み込みながら。コーペイさんの姿はもう映っていないが、動画には恐ろしい音声が流れ続けていた。叫び声とも違う、人間が出しているとは思えない声。「じーやん」の白い顔が蒼白《そうはく》になり、それでもまだ、手に饅頭を持ったままおろおろとカメラと床を交互に見ている。

ここで動画が途切れ、また黒背景に白い字幕が表示された。「コーペイさんは饅頭を喉に詰まらせ窒息してしまう。だが相棒のじーやんは最後までコーペイさんの救命活動をすることはなかった。救急隊員が到着した時には、すでにコーペイさんは亡くなっていた……」

動画を止めた。まだ残りが三分くらいあったけど、止めた。心臓が痛いくらい脈打っていた。喉の奥に扁桃腺《へんとうせん》が腫れたときみたいな塊《かたまり》がせり上がってくる。気持ちが悪い。

「おい、大丈夫か」

海老名に肩を叩かれる。

「大丈夫」

ぜんぜん大丈夫ではなかった。フェンスに背中をくっつけたまま、ずるずるしゃがみ込む。

「海老名秘密を守れるか」

「守るよ」

即答する。そういう奴だ。

「この動画の、死んでないほうが僕の父親なんだって。本当の父親。生物学的な」

「今のお父さん、リアルじゃないのか」

「うち再婚。弟はリアル」

「そうか。知らなかった」

「連絡とるべきだと思う？」

「誰と？　その、リアル父親と？」

「そう」

海老名は立ったまま空を見上げて、しばらく考え込んだ。

「仙波は連絡したいのか」

「分からない……」

本当に分からない。海老名なら答えを知っているんじゃないかと思ったのだ。

「さっきの動画、お前が一歳くらいのときのやつなんだな」

字幕の年数と月が正確ならそうだ。冷たいコンクリートの上に尻をつきながら、「じーやん」の、事態が飲み込めず笑顔だけ作っている顔を思い浮かべる。饅頭の早食い。一歳の、生まれたばかりの子供がいるような大人がすることがそれなのか。そして、そんなことで人は死んでしまうのか。

「俺がいたほうがいいんだったらいるし、いないほうがいいんだったら帰る」

「え、何の話」

「その、リアル父に連絡をとるときに」

僕のバッグの中には昨日の封筒と、あとで拾って皺《しわ》をのばした千円が入っている。

「今、ここで？」

「いや、知らんがお前がそうしたいなら」

僕は黙った。黙ってじっとしていた。五分間か十分間くらい、座り込んだまま黙っていた。

海老名もそこから動かなかった。スマホをいじったりもしなかった。

「するわ」

「そうか」

「いてくれ。海老名。何もしなくていいから」

海老名はゆっくりと、そして確かに頷いた。バッグから封筒を取り出し、スマホのキーパッドを出して、電話番号を入力する。指先が震える。くそ。

十回。十回コールして出なかったら切ろう。そしてやめよう。そう思ったのに七コールで相手は出た。

『はい、三浦。誰の番号？』

今さっき見たばかりの動画で聞いた、高い声だった。

「あの。あの……仙波と言います」

『センバ？　誰？　現場の人？』

「あの、サキ……さんという人から、この番号を教わりました。英雄です。名前は」

沈黙が流れた。

『ちょっと待って』

ちょっと待つ。

『もう一度名前教えて』

「英雄です」

『ヒロか。ほんとに、ヒロなのか』

電話の向こうの声は、突然涙混じりになった。

『お父さんのこと、覚えてるか？』

ぎょっとした。いきなり、そういう話になると思っていなかった。まだそっちが「お父さん」だという実感も何もない。なんで電話しようと思ったんだっけ？

「覚えては……すいません」

『そうか。そうか……でも、電話してくれたんだな。ごめんな。ずっと会いたかったよ。でも、色々な。事情がな。でも、声聞きたかったよ。もう大きくなったろうな』

また喉に何かがせり上がってくる。なんなんだろうこれは。すごくよく分からない。分からないのに、なぜか泣きそうになっている。

『大きくなったろうな。今……十七歳か？　高校生か？』

「あ、はい。高校の、二年生です」

『会いたいな……十七歳か。大きくなったなあ。ほんとに』

洟を啜る音がする。

『お父さんのこと、どう聞いてるか分からないけど、でも連絡してくれたんだよな。こうして』

「あー……聞いたというか、検索を、少し」

『そうか。いろいろ知ってるんだな。でも、電話してくれたんだよな』

「はい」

『ごめんな。ヒロにも、ヒロのお母さんにも、すごく迷惑かけた。でも、ヒロとまたこうして話せて嬉しいよ。ありがとう。電話してくれて。俺、自分をヒロのお父さんと思っていてもいいかな？』

ぎゅっと喉の奥が詰まった。あ、だめだ。

「うん」

鼻筋がつんと痛んで、涙がぼろぼろ出てきた。お父さん、と声に出してしまいそうだった。そうしたかった。でも恥ずかしくて、父さんの顔も頭を過《よ》ぎって、だめだった。

『ありがとうヒロ。ありがとう。いつか、顔見て話したいな。俺、ヒロに父親としてしてやりたいこと、たくさんあるよ。会ってちゃんと謝りたい』

「うん」

僕の声ももう完全に涙声になっていて、湊も啜らないと垂れてきそうだった。

『いつでも電話していいからな。困ったことあったら何でも言ってくれよ。離れてるけどさ。もうずっと会えてないけどさ。俺はヒロのお父さんだから』

湊を啜りながら頷いて、それから向こうが仕事の時間だからと言って、また連絡すると約束して、通話は終わった。

手の中のスマホをぼーっと見ていると、海老名がティッシュを差し出してくれた。

「ありがとう」

「大丈夫か」

「うん。かっこ悪いな」

「いいだろ、別に」

湊をかんで、涙を拭いて、ゴミは喫煙所の灰皿に突っ込んで、たぶん赤い目をしたまま、僕と海老名はクリエの店内に戻った。

「実際に会うのか?」

分からない。動画の中の姿と、電話の向こうの声がうまく結びつかない。動画は十五年以上前の撮影だ。今の姿は、あれよりはもっと年をとっているのだろう。一歳の僕が十七歳になったように。

なんで泣いたのか、訊いてこない海老名がありがたかった。訊かれても答えられないから。気がつくと、二人ともいつもの書店の前にいた。いつもどおり海老名はさっさと店の中に入ってしまって、僕はまた『泣ける！』のコーナーに取り残される。ここにいると、まるでここの本かYouTuberの話で泣いてるやつみたいだ。それは嫌だなと思っていたら、すぐに海老名が戻ってきた。

「これ、やる」

書店の薄いビニール袋を差し出してきた。受け取ると、頼りないくらい軽かった。

「なんで」

「俺が今までで一番泣いた本」

中身を出すと、『星の王子さま』の薄い文庫本が入っていた。

「なんでくれるの」

「餞別《せんべつ》に」

「それ、こっちが渡すやつだろ普通」

「仙波」

「うん？」

「一緒に床のシミになれなくてすまん」

「日本に居たら、なってくれてたのかよ」

「悪くない話だとは思う。お前が宝くじ当てないと始まらないが」

「当てたら連絡するから、そしたら死ぬ前に戻ってこいよ」

「そうだな。そうする」

それから一ヵ月もしないうちに、海老名は学校をやめ、家族とクアラルンプールに発《た》った。学校の最後の日、海老名は一人で中庭のベンチに座り、優雅に最後の梶パンを食いまくっていた。僕は自分の弁当も食べず、渡り廊下からずっとその姿を眺めていた。


朝起きたとき。休み時間に。家に帰ってすぐ。僕は新しいサンドペーパーを見つけた。毎日、「三浦寛司」で検索をかけて、当時の匿名掲示板のログを読み、まとめサイトを読み、自分の実の父親が口汚く罵られ、死ね殺せとまで言われているのを読む。その棘《とげ》で何度も擦られているうちに、また僕は滑らかになっていく。電話でのやりとりを思い出す。胸がざわざわする。それをまた、サンドペーパーで磨く。例の動画のコメント欄も全部読んだ。掲示板には三浦寛司の経歴や母さんや僕のことも書かれていた。全部読んだ。僕はどんどん滑らかになっていく。

母さんがバラエティを嫌うのも、僕に普通の子であれと願うのも、あの動画を見ることで全て納得がいった。母さんは、その名前も存在も口に出さずに、僕に「父親みたいにはなるな」と言っていたのだ。すぐ側で友達が倒れてもおろおろするしかできないような、一瞬の空白も許せなくて内容が無くてもずっと喋り続けから騒ぎをえんえんと続けるような、赤ん坊の子供がいるのに幼稚な企画で動画を撮るような、さらにその収入で食べていこうとするような、そういう大人になるなと僕に言いたかったのだ。僕は父親の存在を知らないまま、いつの間にか父親から遠く離れた存在として成長し、みごとそうなった。母さんは恐れていたのか。あの甲高い声のお調子者のように僕が成長するのを。そして早食いをして友を亡くし、それを木偶《でく》のようにただ見つめているだけの大人になるのを。

海老名が抜け、小林と目白と僕だけになったクラスのグループは、バランスを失い崩壊しはじめていた。小林はエロ話の出来る輪に、目白は元からそっちが軸足だったオタク仲間のほうに完全に統合され、僕だけが残された。榊田も、あの後は話しかけてこない。海老名がこの高校から去る日、泣いている生徒が何人かいた。榊田と一緒だったあの女子も泣いていた。僕は泣かなかった。海老名に貰った『星の王子さま』の文庫は、読まないまま机の上に置いてある。それを読んで泣くのも、泣けないのも、怖い。とても。

海老名がいなくなってより暇になったけれど、僕はいつも通りだ。あれ以来「お父さん」に電話もしていない。あれ以上話すこともない気がする。自分に父親が二人いるという実感だけは強くなった。制服を着て、学校に行き、弁当を食べ、毎週宝くじとチャンピオンを買う。

変わったことといえば、ある夜、ふと思い立って、検索した画像もグラビアも使わずにオナニーを試みた。目を開けて部屋の隅を見ながらしてみたが変に気が散るので、目を閉じる。するとぜんぜん関係ない、昼間の授業の風景とかが浮かんできて余計気が散る。困ったので苦し紛れに足元にあった古新聞を広げてみる。株のページが出てくる。僕にはさっぱり意味の分からない数字と記号の羅列。見ていると、それを数字だと認識することはもちろんできるが、何も読み取れない。分散する頭の熱が、ぴたっと動きを止めて、その意味不明な数字に集中する。これならできるかもしれない。僕は株価のページを見つめながらオナニーを再開し、そして無事、目的を果たした。

明日から冬休みという日、終業式を終えて、荷物を抱えて一人でいつもの道を歩いて帰る。海老名がいなくなり、クリエに寄ることも減った。宝くじはまだ買っている。どこかでバイトでも始めようかなとちょっと考えたけど、冬休み直前のこんな時期にそんなこと思い立っても、もう手頃なやつは人手が埋まってしまっているだろう。この休みに何をするかも何も考えていない。母さんが言うには、大地は友達と泊まりで遊びに行くらしく、その予定を立てたり準備をしたりで忙しいのだという。いつの間にか、大地は少し家族と喋るようになっていた。僕ともたまに言葉を交わす。特に意味のある話は何もしないけれど。

まだ明るい街の中を制服で歩いているのは妙な気分だった。途中の商店街はクリスマスシーズンだというのにコンビニのBGM以外何の変化もなく、家の目の前の公園はこんなに天気がいいのにやっぱり誰もいない。

誰もいないだろう家にそのまま入る前に、公園の中に足を踏み入れた。本当に天気が良くて、風も無くて暖かく気持ちいい。ベンチに腰を下ろす。缶コーヒーとか買えばよかったな。日に当たりながら少しぼーっとして、それからスマホを出していつものように検索する。

すると、検索結果が普段と違っていることに気付いた。動画へのリンクが上の方に表示される。いつもの、あのYouTube転載動画じゃなくて、新しい、見たことのないやつだ。

息を吸い込んで、動画のリンクをタップする。YouTubeに飛ぶ。『【告白】元大炎上YouTuberが十六年ぶりに再会した息子に言われた言葉』というタイトルだった。

動画が始まると、どこかの部屋で、いかつい感じのツーブロックのちょっと太った中年の男が、神妙な顔をしてカメラを見つめていた。色の白いのと、顎のほくろはすぐ確認できた。

『こんにちは。えー、新しいアカウントで、最初の動画になります。僕のことを知っている人も、中にはいるんじゃないかなと思いますが、自分は以前、「エリンギパスカル」というユニットでYouTuberをやっていました。そのとき、相棒、誰よりも仲の良かった、コーペイという仲間を、動画の配信途中で……亡くしてしまいました』

うっと声を詰まらせ、男は自分の眉間をつまむようにして目を伏せる。

『本当に、不幸な事故で、でもすぐ側にいた自分がもっとしっかりしてたら、コーペイは死なかったんじゃないかって、今も毎日思ってます。あの時の僕は、本当にまだガキで、バカでした。物凄く叩かれましたが、当然のことだと思ってます。えー、当時僕は結婚していて、子供も生まれたばかりだったんですけど、いろいろ考えて、話し合って、当時の嫁とはお別れをしました。まだ赤ちゃんの息子ともお別れをしました。すごく辛かったけど、コーペイの家族はもっと辛いんだと思って、我慢しました。これは罰なんだって。けど先日、奇跡が起きたんです。息子が……十六年離れていて、たぶん僕のこととかぜんぜん覚えていないはずの息子が、連絡をとってきてくれたんです。向こうから。お父さんって』

画像が表示された。顔面にモザイクをかけられた、詰め襟の学生服の少年の写真だった。当然、僕じゃない。下に小さく「※イメージです」と書かれている。

『十六年ぶりに息子と話して、僕は人生が変わるような衝撃を受けました。どうぞ皆さんも聞いてください』

そして、この前の電話のやりとりが流れ始めた。僕の声はボイスチェンジャーで変えてあり、名前の部分はピー音がかぶさっている。でも確かにそれは、僕の声で、僕がした話だった。

僕は一旦動画を止め、すぐに三浦寛司の番号に電話をかけた。二十回コールしても出なかった。ベンチから立ち上がり、公園を半周して、向かいのベンチに座り、動画を再生する。

『こんなにひどい父親の僕を、息子は許して、受け入れてくれました。僕はもうねえ、このとき、泣いて、泣いてしまって。これはきっと、神様が、僕にやりなおしのチャンスをくれたんだと思いました。いつか日本一のYouTuberになろうって言ってたコーペイのためにも、僕もやっぱり夢を諦めちゃいけないんじゃないかって。過去に間違いをおかした僕ですが、そういうわけで、この「じーやんチャンネル」で気持ちを新たにYouTuberとして活動を再開しようと思います！　方針としては、僕が毎日考えていること、コーペイとの思い出や、あれからどうやって暮らしてきたのか、今の毎日の暮らしについて伝えたいこととか、他にも機会があれば実況とかもできたらいいなと思ってます。みなさんぜひ、チャンネル登録と高評価をよろしくお願いします！』

男が頭を下げ、ひらひらと手を振って、動画は終わった。

コメント欄には、捨て垢での口汚い暴言と一緒に、「感動した」や「応援しています」というコメントもいくつも並び、そういうポジティブなコメントのほうにより多くいいねが付いている。動画の再生回数カウンターはどんどん上がっていっている。どこかのまとめサイトに取り上げられたのかもしれない。「じーやんチャンネル」のアイコンもロゴマークももうしっかり作ってあって、それはもうコンテンツとして動きはじめていた。吐きそうだった。やっぱり缶コーヒーは買わなくてよかった。飲んでいたら吐いていた。

手の中で、スマホがどんどん、どんどん重たく、冷たくなっていく。この手の中で、今も止まらずに動画の再生数がくるくると増えていくのを感じる。指先が数字の動きを感じている。どれだけの人がモザイクで塗りつぶされた僕とされている赤の他人の画像を見ているんだろうか。どれだけの人がボイスチェンジャーの甲高い声で喋る僕の話を聞いたんだろうか。温かい日差しの下で、身体が冷えていく。瞬《まばた》きするのも忘れて、乾いた目が痛くなって、涙がこぼれた。公園の中はいつも通り静かで、空白で、何もない。海老名ならこういうときにどうするんだろう？　今ここに、海老名が居てくれたらな。そうだといいのに。海老名といると、一人でいるより一人になれる気がする。今僕は、一人なのに少しも一人になれない。でもたぶんこれが、本当の本当の一人なんだ。これが一人きりということなんだ。これが、一人きりと、いうことなんだ。

かたす・ほかす・ふてる

「波子《なみこ》さーん！　どうもどうも！　お早うございます！　おおー、準備万端ですねえ！」

　そのアパートを見上げながらぼんやりしていたら、いきなり後ろから大声で名前を呼ばれて、思いきりビクッとなってしまった。

　振り向くと、上下ジャージで首にタオルを巻いたトモヤスさんが、ぶんぶんと手を振りながらこちらに向かって歩いてくるところだった。手には軍手と大きなポリ袋を持っている。その背後には、真っ青に晴れた空と、何も植わっていない広い畑が広がっている。

　トモヤスさんに直に会うのはこれで二度目だ。やっぱり、声がでかい。葬儀のときも、別の部屋にいてもがんがんに腹から出ている声が聞こえていた。妹と一緒にこそこそと「ぜんぜんお父さんに似てない感じの人だね」と囁《ささや》きあった。私も妹も、そして記憶にある父も、地声が小さい。

「遠いところほんとお疲れ様です！　最後、ゴミとかでっかい家具なんかは回収してくれる業者手配したんで、なんとか今日一日で頑張りましょう！　いやー雨降んなくてよかったですね！」

トモヤスさんは血色の良い角ばった顔で、何が楽しいのかずっとにこにこしている。私より一回りくらい若いはずだが、なんだか親戚のおじさんと会っている気分になる。「親戚のおじさん」であることも、まあ、間違ってはいないのだけど。

先月、父親が死んだ。

何十年も顔も見ていない父は、知らないうちに東京の東村山市《ひがしむらやま》のアパートで生活保護を受給しながら独り暮らしをしていて、その部屋の中で死んでいた。

ユニットバスで裸で倒れていたとのことで、いわゆるヒートショックが死因では、という話を聞かされた。幸い、民生委員の方が翌日の時点で発見してくれたので、棺の中の顔は決まり文句の通り、まるで眠っているようにこざっぱりしていた。

その報せを受けたとき、私は母親とこたつにあたってお茶を飲んでいた。なんか喋《しゃべ》ったほうがいいな、と思ったものの、何を言えばいいのか分からなかった。ちらっと母の顔を窺《うかが》うと、特に表情も変えず、テレビで節約レシピの特集をぼんやり見ている。

母が父と別れてから、三十年以上経過していた。離婚後も連絡を取っていたのかどうかは、私は知らない。どうして別れたのかも詳しくは聞いていない。

あまりに静かで何の反応もないので、さっき来た電話は幻覚か幻聴だったのかと思いかけたころ、母は「あ、どうすんのかしら。お葬式とか……」と、思い出したようにぽつりと言った。

その後に何本か来た電話により、私と母は、父が再婚し子供を作ってまた離婚していたことを初めて知った。

『弟いるらしい、うちら』

結婚して山形で暮らしている妹にそうＬＩＮＥすると、

『韓国ドラマじゃん』

という軽薄な一言が返ってきた。

〝弟〟一家は、東村山市の隣の小平《こだいら》市に住んでいた。だが私たちと同じく、父とは長年、まったくの没交渉だったらしい。

東村山には市営の火葬場が無いというので、埼玉県の所沢《ところざわ》まで行くことになった。我が家は神奈川県の平塚《ひらつか》にあるので、東京を縦断する小旅行くらいの距離だ。口には出さなかったが、もろもろの準備をする私の顔にも母の顔にも、「めんどくさい」という文字が刻まれていた。

　とりあえず久しぶりに引っ張り出した喪服を着こんで斎場で最も簡素な葬儀をあげた私たち――私、母、妹、〝弟〟、その母――は、待合室でそれぞれペットボトルのお茶を持ちながら、気まずい雰囲気で父が骨になるのを待った。

　お葬式というよりは、会社で何か大きいトラブルが起こったときにやる緊急会議の空気だった。よその部署の知らない人も集められて、会議室でややうつむきながらとりあえず偉い人が喋りだすのを待つ。あの雰囲気。

「火葬代、所沢市民だったら五千円なのに、そうじゃないから六万円ですって。待合室の使用料も三倍くらい違うのよ」

　いきなりそう口を開いたのは、あちらの母、佐渡《さど》ミツエさんだった。坊主に近いくらいの白髪のベリーショートで化粧っけはなく、喪服もパンツスーツで、なんとなく、（「通販生活」読んでそうだな）という印象を持った。

「まー。そんなに違うんですか」

　うちの母が普通の世間話みたいに、呑気《のんき》にそう返す。

「あんまりよねえ。小平も市営の火葬場が無いのよ。うちとか東村山で火葬しようと思ったらみんな最低でも十万円くらい払わないといけないの。不公平じゃない？　損しちゃうわ」

「ほんとですねえ。あ、うちのほうってどうなのかしら。波ちゃん知ってる？」

いきなり話を振られ、私は口に烏龍茶を含んだまま慌てて首を横に振る。

「母さん、こんな時にお金の話なんてしなくていいじゃないの」

〝弟〟が眉毛をハの字にして言う。声が、でかい。待合室にいる他の人たちがいっせいに、一瞬こちらを見たのが分かった。

葬儀場の入り口で「初めまして！　佐渡トモヤスといいます！」と挨拶された瞬間から、何よりもその声量に圧倒されている。オペラでもやってるのか？

「こんな時にしないでいつするの。大事な話よ。あんたも小平に火葬場のひとつも作るように上に働きかけられないの」

「無茶言うなよ、こういう施設は建てるの大変なんだから。課もぜんぜん関係ないしさ」

トモヤスさんは市役所に勤めていて、娘さんが二人いるが、今日の事はとりあえず（とりあえず、のところだけ少し声が小さくなった）その〝孫娘〟たちには話さずに来たのだと言った。

「生まれたときから、じいじは嫁のほうの親父さんしかいないって言ってきましたからねえ。急に本当はもう一人おじいちゃんがいた、なんて言ったら混乱するだろうし、どう説明したらいいかわかんなくて……」

ハの字眉のまま、トモヤスさんはまいったまいったと繰り返した。その表情、顔、声、仕草、喋り方、喋る内容、何もかもが遠い記憶の父とはまったく似ている部分が無い。それを言ったら私も妹も、声量以外は特に父に似ているところは思い当たらないのだけれど。

母同士が話し合って、葬儀にかかったお金はきっちり折半することになった。しかしお骨をどうするかという話になったとき、全員が、父の縁戚のことをほとんど知らないことが判明した。

「両親は物心つくまえに亡くなった、兄弟はいないか、仮にいても顔も名前も知らないって言ってたけど」

ミツエさんの言葉に、うちの母も頷《うなず》いた。

「天涯孤独みたいな話はしてました。それで結婚するとき、ちょっとうちの親と揉めたんですけど」

そうだったのか。四十を過ぎて、親の知らないエピソードを聞くのはなんだか尻のあたりがむずむずする気分になる。横でずっとスマホを触っている妹は、完全に我関《われかん》せずの顔をしている。

私が中学校に上がった年に両親は離婚した。本当に急な話で、それまで二人が喧嘩をしているところもほとんど見たことがなかったので、超・青天の霹靂《へきれき》、むちゃくちゃ驚いた。多感な年頃というのもあり、けっこうパニックを起こした記憶がある。逆に、妹は小学生だったくせにやたら冷静で、まるで随分前からこうなるのを知っていたような顔つきで、情緒不安定状態の私を見ていた。

「最近は樹木葬っていうのもあるみたいですけど」

突然、妹がスマホの画面を見せて言った。

「今ざっと検索しただけですけど、永代供養もついて安いと五万円代からありますよ」

「なんですか、樹木葬って」

トモヤスさんが言う。

「あー、こういう、花壇みたいなところにお骨を埋めるやつですね。墓石とかは無くて、他の人のお骨と一緒になる感じで」

妹がスマホをちょいちょいと操作しながら説明する。

「あら、明るくていいじゃない。私も死んだらこういうお弔いがいいわ」

ミツエさんが妹のスマホを覗《のぞ》き込む。

「母さんには佐渡のお墓があるじゃないか」

「嫌よ」

その「嫌よ」の言い方があまりにも間髪を入れず、ばさっと切り捨てるみたいな勢いだったので、私は吹き出しそうになり、慌てて喉にタンが絡んだふりをした。妹がちらっとこっちを見る。

「父さんのお骨、佐渡のお墓に入れてあげることはできないの」

「兄さんがいいって言うわけないでしょ。あんたが説得してくれるならいいわよ。私にそれやらせようっていうのならやめて。嫌よ」

「ンフッ」

『嫌よ』の天井に耐えられなくて笑ってしまった。今度は母がこっちを睨む。

「お骨をどうするかは、とりあえずちょっと調べてからあれしましょうか。なんせ、急なことですし」

うちの母の言葉にみんなが頷く。結論を先延ばししようという提案だけど、この場にいるみんながたぶん今最も求めているのは、それだった。

そうこうしているうちに父が焼き上がり、火葬場の職員の先導で白くかさかさした骨はてきぱきと骨壷に納められ、とりあえず、その処遇が決まるまでは佐渡さん宅で管理するという流れになった。

そして、お骨よりもさしあたって早急に対処しないといけない問題がある、という話になったのだった。

で、その問題の解決のために、私は今東村山市に来ている。父が住んでいた、そして亡くなったアパートの後片付けだ。

山形で二人の受験生を育てている妹を再び駆り出すわけにもいかず、基山《もとやま》家からは私、佐渡家からはトモヤスさんが掃除要員として選ばれた。

アパートは、最寄り駅からさらにバスで十分近くかかる場所にあった。畑に挟まれた区画の古びた小さな二階建てで、父の部屋は一階の一番奥まったところにあった。

辺りは静かだった。畑と住宅以外は何も見当たらず、どの家やアパートにも広い駐車場がついている。買い物のことを考えると、たしかに車は必須な感じだ。父はどうしていたのだろう。駐車場には一台だけ、大きなかごの付いたぼろい自転車が停《と》められていた。

私はすでに、ここに来るまでの時点でだいぶ疲れていた。神奈川と東京、確かに隣り合ってはいるけれど、平塚と東村山の距離は遠い。新幹線や飛行機という手段が使えないぶん、余計に面倒なくらいだ。片道二時間はかかった。帰りはまたその二時間を戻っていくのだ。早くもうんざりしてくる。

静寂を打ちこわしながら現れたトモヤスさんは、ジャージのポケットから鍵を取り出した。

「途中で不動産屋さん寄ってきました。家賃は今月分ちゃんと振り込まれてるみたいで、とりあえずそのへんは大丈夫みたいです」

そのへん。私はその言葉に神妙に頷いた。うっすら、父が家賃滞納とかしてたらどうしようと思っていたのだ。

解錠してから、トモヤスさんは一度ノブから手を離し、ドアの前で目を閉じて合掌した。慌てて私も真似をする。

「じゃあ、開けますね」

緊張する。この中がどうなっているのか、まるで予想がつかなかった。最悪の状況——テレビでたまに見る凄《すさ》まじいゴミ屋敷状態になっていたらどうしよう。

軋《きし》んだ音を立てながらドアが開く。ぐっ、とマスクの下で奥歯を嚙《か》みしめる。

中は薄暗かった。狭い玄関に、つっかけサンダルと履き古したスニーカーが置いてある。両方とも、かなりでっかかった。お父さん、足大きい人だったんだ。

「あー、けっこう、アレですねえ……」

トモヤスさんが大きなため息混じりに言った。

玄関から、部屋の全てが見渡せた。六畳一間、１Ｋの間取りだ。今どきあまり見ない電熱線タイプの小さい一口コンロのある狭いキッチンの向こうに、畳の部屋が見えた。口を縛ってあるゴミ袋がいくつも放置され、その横に洗濯前なのか後なのか分からない服の山がいくつか出来ている。敷きっぱなしの布団と、小さいテレビとこたつがある。それでだいたい、部屋の中はいっぱいになっていた。

散らかっていた。しかし、想像していたほどやばい散らかり方ではなかった。物もゴミ袋も多くて足の踏み場もない感じだけど、床に何層も積みあがっているという状態ではない。臭いも、うっすらとカビと煙草《たばこ》と放置したゴミのスメルはするが、息もできないほどの悪臭というわけではない。とりあえず、ちょっとほっとした。

「いやあー散らかってますねえ！　こりゃ二人じゃ無理かなあ」

トモヤスさんはビニール袋からスリッパを出して履いた。用意がいい。私は汚れ避けの厚手のエプロンと軍手以外何も持ってきていなかった。しょうがないので、靴下のみで部屋にあがる。

壁のスイッチを押すと、キッチンの明かりがついた。電気はまだ通っているらしい。こういうのの解約も、私か向こうかのどちらかがやらないといけないんだろうな。

私は玄関から一歩入ったところで立ち止まっていた。なんだか、そこから先に進みたくないというか、進めないというか、そういう気持ちが足を硬直させていた。

この散らかった部屋を見ても、父のことが何も思い出せない。

「ちょっと空気入れ替えますかあ」

じゃーっと勢いよくカーテンを開け、トモヤスさんが窓を開けた。晴れた外の光がぱっと部屋の中を照らし、その光線を埃がきらきらと反射し漂う。

私はまだ玄関近くに立って、黙って六畳間を見ていた。

物は多いけれど、なぜか生活感というものが感じられない空間だった。こたつの上にはガラス製の、昔のサスペンスドラマで凶器にされていたような古めかしいでっかい灰皿が置いてあり、かなりの量の吸い殻が溜《た》まっていた。他にもマグカップや飴の包装紙など、生々しい生活の痕跡がそこかしこにある。

なのに、なぜかそれは、そこで暮らしていた人の姿を想像することができない、しんと冷たい無機質なものに見えた。

「波子さん、大丈夫ですか」

「あ……いえ、すいません、ボーッとしちゃって。朝早かったんで」

「遠いですもんねえ！　お葬式のときもでしたけど、こっちまでかなりかかるでしょう」

「二時間ちょっとですかね」

「うわー大変だ！　行って帰ってで四時間じゃないですか。そうだ、うちの職場でもついこの前義理のお父さん亡くなったってやつがいたんですけどそれがなんと、熊本県ですよ！　もーう子供連れて行って帰ってするだけで大仕事でしょ。お金もかかるし。また子供も年子で三人もいるんだもん、たーいへんでしたよ」

まるで自分がその大変さを経験したかのように、トモヤスさんは身振り手振りを交え喋る。

「人ひとり亡くなるのって、大仕事ですよねえ。ぼくも直接そういう仕事してるわけじゃないですけど、役所の仕事の何割かは亡くなった方の後の始末なんじゃないかと思うくらい、ほんとに大変なことですよ」

喋り続けながら、トモヤスさんはゴミ袋を広げて灰皿の中身をざばっとその中に空けた。そうだ。掃除だ。片付けだ。私もやらなくては。ゴミ袋を分けてもらい、とりあえず一番近い服の山をその中に詰め込んでいく。

やりながら、ほんとにこれを全部片付けられるのか、不安になってくる。物量というより、やり遂げる気力が自分の中にあるのか、ぜんぜん覚悟も何もないままに来てしまった。

「正直ねえ、あんまりまだピンと来てないですよ。親父が死んだって言われても」

「ああ……私もそんな感じです」

「何歳まで一緒に暮らしてました？」

「十二……三歳くらいですかね」

「ぼくは高校生くらいまでかなあ。ある日いきなり、もうお父さんとは一緒に暮らさないことになったっておふくろが言って」

うちと似たパターンだな、と思った。

父は建築関係の仕事をしていた。職人だった。青っぽい作業着を着ていた姿をぼんやりと思い出す。中肉中背で、無表情で、何より無口だった。父の記憶が浮かんでこないのは、たぶんそのせいもある。何か会話らしい会話をしたおぼえが、ほぼ無い。

冬でも縁側に出て煙草を吸っていた背中ばかり思い出す。酒は飲まず、ギャンブルもやらず、たぶん夜遊びなんかもするタイプではなかった。思いつく悪癖は煙草だけ。喫煙に甘い時代だったことをさっぴいても、けっこうなヘビースモーカーだった。結局死ぬまで禁煙はできなかったのか。母が小言を言うのも、煙草のことくらいだった気がする。

とにかく家に居るときの父は、何も話さず、何もせず、置物のように縁側か茶の間の定位置に座ってじっとしていた。そういう印象しかない。

「ライターいっぱいあるなあ。身体悪くしてたみたいだし、やっぱり煙草ですかねえ。波子さん、吸いますか」

「いえ、吸わないです」

「ぼくも全然。でも親父のこと思い出すと、必ず煙草がセットですね。それしか憶えてないというか」

私も同じだ。当たり前だけど、共通点が多い。うちでも、向こうの家でも、父はただ黙ってそこに居て煙草を吸うだけの存在だったのだろうか。

「でも、不思議な感じですよぉ。急にお姉さんが二人もいるって知って。びっくりしちゃった。想像もしてませんでしたけど、考えてみれば親父が再婚なのは知ってたんだから、じゅうぶんありえることですよねえ」

お姉さん。それはまあ間違いではないんだろうけど、改めてそう呼ばれると、なんだか胃のあたりがぞわぞわした。慣れなさ、不気味さ、恥ずかしさ、みたいなものの入り混じった感じ。

妹の言うとおり、確かにこういうのって韓流ドラマか少女漫画のネタになりそうな話だけれど、登場人物がアラフィフ、アラフォーのおじさんおばさんだらけではろくなドラマにはなるまい。もうこの年齢になると、多少の年の差なんてあってないようなものだ。

「でもちょっと嬉しいかなあ。きょうだい欲しかったですもん。一人っ子ってなんだかんだ、肩身狭いですよ」

「そうなんですか」

「ま、今やたいして珍しくもないんでしょうけどね。でもまだぼくの世代だときょうだいいる家のほうが断然多かったですからねえ。学校の先生とかにも、何かで失敗すると一人っ子で甘やかされてるからとかなんとか言われて。悔しかったなあ」

「それは、ひどいですね」

「きょうだいいる人はそれはそれで苦労もあるんでしょうけど」

「あー、『お姉ちゃんなんだから我慢しなさい、しっかりしなさい』みたいなのはありましたね」

「お子さんは？」

「え？　あ、いないです。未婚です」

「あっ、すいません、なんか。余計なことばっかり喋っちゃってるな」

別にそんなに恐縮されるいわれもない。したくないからしていないだけだ。でもやっぱり、この年の独身は、何かしらのワケアリか結婚「できない」人に見られるんだな。

「じゃ波子さん、今はお一人暮らしですか」

「いや、実家で母と一緒に暮らしてます。職場もそんなに遠くないんで」

「じゃうちも実家で同居だから一緒だ。でもそちらのお母さん、穏やかで優しそうでいい方ですよね。この前も帰りにお饅頭《まんじゅう》頂いちゃって」

「いや、あれはかなりよそいきの感じですよ。うちだとけっこう小うるさいです」

最近はあまり言われなくなったが、ちょっと前までお前は独立しないのか、土日もずっと家に居てみっともないとさんざんちくちくつつかれていた。でも近所で空き巣事件が起きたりオレオレ詐欺の被害者が出たりして、老人だけの世帯は危ないと町内でも話題になり、最近は「うちは娘が居てくれるから」と妙に自慢げに話している。調子いいな、と思うけど、疎《うと》ましがられるよりはましか。

「うちのおふくろはあの通りで。嫁にも苦労かけてて申し訳ないんですけどね。娘たちがけっこうなついているのはありがたいんですが」

「かっこいいじゃないですか、佐渡さんのお母様。ああいう雰囲気、憧れますよ」

「あれこそよそいきですよ。もう、ほんと口が悪くて思ったことなんでも言っちゃって。けっこうヒヤヒヤすること多いですよ」

うちの母の話は抽象的で感覚的、かつ考え事のプロセスを省いて自分で得た結論だけ喋るから、うまくかみ合わない時がある。母いわく、私のほうが「過剰に」理屈っぽいのだという。そういうところは母の父、すなわち祖父に似ているらしい。その祖父も物心つく前に亡くなってしまったので、記憶はない。

「うちの職場にも多いですよ、独身の人。男も女も。いま周りに聞くと増えてますね。まあ、自分は縁とタイミングがあって結婚しちゃいましたけど、それでも若い時は結婚なんかするもんかってやっぱり思ってましたよ。親のことがあって。いずれ別れるなら結婚なんかする意味ないじゃないかって」

どうだろうな、と思った。そういう風にはたぶん考えたことがない。私が結婚していないのは、ただひたすらに興味が無いからだ。子供のときから今まで、結婚とか、その前段階にあるお付き合いってやつに対しても、なーんにも一切興味が持てなくて、そのまま素直に生きてきたら、このようになった。

「服、多いですねえ」

トモヤスさんは目についたものを機械みたいな勢いでどんどんバサバサとゴミ袋に詰めていっている。そういえば東村山のゴミ分別とか、調べてなかった。大丈夫なんだろうか。

「なんでこんなに服があるかな。別におしゃれな人だった記憶もないけどなあ」

「私も作業着姿しか憶えてませんね」

「そうそう、いつも五本指の靴下でね。あれ、干すのめんどくさいんだっておふくろがぶつぶつ言ってて」

「新品あったらリサイクルに回せますけど、みんな古着ですよねこれ」

「ふてるしかないですねえ」

「あ、それ」

私は思わず手を止めてトモヤスさんを指さしてしまった。

「え？」

「それ、ふてるって、方言ですか」

「あー、どうなんでしょう。うちでは言うんですよ。確かに周りじゃあんまり言ってないですね」

「お母様も？」

「……言いませんね、そういえば」

私はスマホを取り出して慌てて検索した。

「捨てるをふてるって言うの、高知、愛知、岡山……あと埼玉とか茨城でも言うみたいです」

「範囲広いなあ。あ、ほかすも言ってた気がする」

「それは関西のほうですよね」

「親父、どこ出身だったんでしょう。何か聞いてました？」

「なんにも……。ほんと喋らない人でしたよね」

謎だらけだ。よくそんな男と結婚したな、うちの母は。あちらの母も。

「でも、この片付けで何か分かるかもしれませんよ、親父のこと。何か見つけたら教えてください。ぼくも探します。なんか、宝探しみたいでドキドキしますね！」

私はハハ、と力なく笑った。そこまでポジティブに呑気になれる作業でもない気がする。

しばらく作業しているうちに、冷え切っていた部屋の空気が少し暖かくなってきた。人間は熱を発する。狭い空間で二人も立ち働いていると、それだけで暖房もいらないくらい室温が上がる。

物をどかしたその下にさらに物がある。空のペットボトル、何かの空箱や何も入っていない紙袋、服やタオルはいくらでも出てくる。ほとんどが肌着やTシャツ、ジャージの類で、どれもそこそこに古びている。

ひたすらそれらを袋に詰めながら、ふと気がついた。この部屋、本が無い。雑誌や新聞の類も無い。ＤＶＤとかゲームとか、とにかく娯楽になるようなものが、ぜんぜん無い。テレビ以外は。そのテレビも録画機器や再生機器は接続されていなくて、ただ地上波を見るためだけのものらしかった。パソコンも無い。

生活のにおいを感じないのは、そのせいなのかもしれない。ここには、住んでいる人間が何を好きなどういう趣味の人だったのかを表すものが、無い。

壁には１００円ショップで売っているようなシンプルなカレンダーが掛かっていた。どこにも印や書き込みは入っていない。

「波子さん、親父、怖かったですか」

「え？　いやあ……そういう印象は特に無かったですね。とにかく喋らなくて、家に居るときは何もしないでじっとしてるか煙草吸ってるイメージしか思い出せなくて」

「ああ、やっぱり昔から無口な人だったんですね。うちのおふくろはねえ、『お父さんはお酒は飲まないしおとなしいから、大声も出さないし』って。そればっかりでしたよ、親父褒めることって。褒めるって言っていいんですかねこれ」

「私も母に……うちの母に前訊いてみたことあったんですけど、やっぱり『おとなしい人だから一緒に暮らしてもいいかなと思って』とか言ってましたね」

「わはは！　おんなじじゃないですか。なんですかねえ、おとなしい男ってそんなに魅力があるものなんですかね？」

「いやあ……どうですかね」

「ぼくなんてこの通りねえ、うるさいから！　嫁にもしょっちゅううるさいアンタは喋りすぎだって言われてて」

あ、自覚はあるのか。そして今さらだけど配偶者を嫁と呼ぶタイプなんだな。

時代を考えると、確かに職人仕事をしながら酒を飲まず賭け事や女遊びもせず荒れもしない男というのは珍しかったのかもしれない。しかし、それだけで所帯を持ってしまうほどの決め手になるのか。そういう話を母としたことがないし、母も父については多くを語ることはなかった。

「ぼく、親父に怒られたり怒鳴られたりした記憶がないんですよ。叱ってくるのはいつもおふくろで。でも、漠然と、なんとなく、怖かったなあ、親父のこと。もちろん怖いだけじゃないですけど」

父に怒られた記憶は私もない。改めて考えてみると、少なくとも十二年間はずっと一緒に暮らしていたはずなのに、思い出と言えそうな思い出が何もない気がする。

「亡くなった報せ貰《もら》ってから、よく考えるようになって。親父、うちで何考えてたのかなって。おふくろはあの通り、いろいろハッキリしたタイプで気が強くて、家の事あれこれ決めるのもみんなおふくろで。親父が何か自分の意見言ってるのって、たぶん聞いたこと無いです。波子さんちは、家族旅行とか行きました？」

「どうだろう。たぶん、無かったですね。母と妹と三人で出かけることはあったかも」

「うちも無かったですよ。昔は景気がましだったし、おふくろも働いてたしうち貧乏って感じではなかったですけど、でも旅行行ったりとか外食行ったりとか、無かったですねえ。それが普通だって思ってたけど、学校だと同級生がみんな夏休みに家族でどこ行った、昨日はみんなで焼肉食べたみたいな話するじゃないですか。そういうの聞いて、ああうち普通の家じゃないんだなって。その時は、自分が一人っ子だからいけないのかななんて考えてたんですよ。バカですよねえ」

表の道を、たまに車が走る音がする。それ以外は、ひたすらゴミを片付ける音とトモヤスさんのでかいお喋りだけが聞こえている。

「生活保護受けるってときに、うちに連絡来たんですよ。それで、東村山に住んでるのはだいぶ前から知ってたんですけど、でも、顔見に行こうとか思わなかったなあ。親不孝しましたね。孫の顔とか、見たかったんじゃないかなあ」

声はでかいまま、トモヤスさんの声はだんだんトーンが下がってきた。

「いやー、こっちが親不孝なら向こうも子……不孝？　じゃないですか。うちの母とも連絡してる気配無かったし、もちろん私にも連絡来たことないですし。だからあんまり気にしなくてもいいんじゃないかなと、そういうのは」

私なんか亡くなった報せを受けるまで、自分に父親がいるということすら十年以上忘れていた。正直、まだ生きてたのかと驚いたくらいだ。それこそ同級生に離婚してシングルマザーの家はいくつもあったし、基山家は母・私・妹の構成であることに疑問も何も抱かないまま暮らしてきた。

「あのう、この前から言おうと思ってたんですけど、波子さん……よく似てますよねえ」

「え、何にですか」

「何って！　親父に決まってるじゃないですか。そっくりですよ」

ええー。びっくりして片付ける手が止まってしまった。そんなこと、思ったこともなければ言われたこともない。一度も。

「うちに一枚だけ写真があってね。ぼくが小学校上がるときの。その親父に、波子さんよく似てますよ。ぼくねえ、似てないでしょう。母方の伯父には瓜二つって言われてて実際似てるんですけどね。でも、鏡見ても写真見てもぜんぜん親父の面影が無くてねえ。子供ン頃はそのほうがいいやとか思ってたけど、最近それが妙に寂しいんですよ」

記憶の中の顔すらもうはっきりしていないが、確かにやっぱり、トモヤスさんと父はぜんぜん似ていないというのは賛成するしかない。でも、私が似てる？　なんだかそれも、微妙な気分だ。嫌だというわけではないが、嬉しくもない。

「波子さん」

「あ、はい」

「押し入れ、開けてみませんか」

顔を上げると、トモヤスさんが押し入れのふすまを指さしていた。

「今日は、片付けしないといけないのはもちろんなんですけど、正直、親父がどんな人間だったか、ちょっとでも知ることができるんじゃないかなあって思ってたんです。でもこの部屋、なんか、何にもないですよね？　物はあるけど、なんていうか……」

言葉を探すように言いよどむトモヤスさんに、私は大きく頷いた。

「分かります。パーソナリティを推し量れるものが無い。趣味のものとか、愛用してた雰囲気のものとか、見つからないですよね。灰皿以外」

お互い手にしたゴミ袋を一旦置いて、押し入れに近づく。

「何か入ってますかね。なんだか怖いなあ」

頷いた。同時に、この中に何かとんでもないものが入っていてほしいという気持ちもあった。じゃないと、私の中の父はずっと顔のないのっぺらぼうのままになってしまいそうで。

たてつけの悪いふすまを開けると、中には、まず布団とプラスチックの衣装ケースが入っているのが見えた。

衣装ケースの引き出しを開けると、その中にも服がみっちり入っていた。奥の方まで手探りしても、布以外の感触はしない。

「布団と服、ですね」

下の段には扇風機と空の段ボール箱が入れてあった。他には何もない。

「うっ……」

突然、隣から嗚咽《おえつ》のような音が聞こえた。驚いてそっちを見ると、トモヤスさんが目頭を押さえて肩を震わせていた。

「ど、どうしたんですか」

「すいません。なんだか、急にキちゃって。なんだったんですかね、あの人。この部屋で何して過ごしてたんでしょう。だって。だって、何も見つからないじゃないですか。なんかね、ぼくの……ぼくらの写真とかそういうのがあるのかなって、ちょっと思ってたんですよ。あの人、ぼくらのことどう思ってたんでしょうか。忘れてたのかな。どうでもよかったのかな。なんかねえ、そう思うと……」

言葉を詰まらせ、トモヤスさんはぐるっと私に背中を向けた。

私はどうすればいいか分からず、押し入れの中に視線を戻した。ごそごそと改めてしっかりめに中を探るが、やはりそれ以上のものは何も出てこなかった。

正直、私も何か見つけたかった。私に関するものじゃなくても、父がどう生きてきたかという軌跡みたいなものが見たかった。

ドラマだったら、絶対にこの押し入れには何か重大な秘密のヒントが入っているし、または大切に保存されたトモヤスさんや私の写真かなんかがあって、感動するメロディが流れて背景にキラキラしたエフェクトがかかる。

でも、何も無かった。押し入れにも、部屋の他の部分にも。誰でも出せるような生活ゴミだけがこの部屋には詰まっていた。がっかりしたけど、当たり前だ。人生のだいたいは、ドラマティックなんかじゃない。クライマックスもない。伏線もその回収もない。意外な事実も気づきも何もない。ここはただの住人が亡くなった部屋だ。

父はここで地上波のテレビを見ながら、最後の日まで煙草を吸って、ただ生活していたのだ。それだけだ。

トモヤスさんが手配してくれた廃品回収の業者が来ると、部屋の中はまた一気にせわしなくなった。若者とおじさんのコンビが冷蔵庫や洗濯機を魔法のようにほいほいと担いで軽トラに載せていく。作業の途中で、若者がおじさんを「オヤジ」と呼んだ。それを聞いたトモヤスさんが、またすみっこで背中を丸めて泣いていた。

荷物やゴミをアパートの外へ運び出しながら、父が二回も結婚し子供を作った理由は、私が一回も結婚せず子供を作らなかったのと同じなのではないかと思った。つまり、理由なんてないのだ。なんとなくそういう風になってしまったんだろう。気が付いたら。流されて結婚しちゃう人もいるし、ぼんやりしてて何もしない人もいる。私にもいずれ、実家かこういう小さなアパートの中で、一人でこたつに入りながらただテレビを見て過ごす日がやってくるのかもしれない。

荷物があらかた片付いたときには、もうしっかりと日が暮れていた。電気がまだ通じていて良かった。蛍光灯の光に照らされたがらんとした室内は、いよいよそこにいたはずの人の気配を消し去って、寒々しく見えた。

お父さん。

頭の中で、そう呼んでみた。

私は幽霊とかあの世とか信じない。死んでいなくなってしまった人は、もうどこにもいない。だからこの呼びかけにも何の意味もない。お父さん。生きながらにして、なんだか幽霊みたいだったお父さん。私、あなたに似てるんだってさ。

最後にアパートのドアを閉めて鍵をかけるとき、トモヤスさんは大きな、大きな声でそう言って、うーっと思い切り泣きだした。

「親父、ごめんなあ」

私はその後ろに立って、ただその背中を見つめることしかできなかった。〝姉〟として何か言うべきなのかもしれないが、トモヤスさんの父も、私の父も、同じ人物なのに同じように顔が無く、共通しているはずなのに共通の話題も思い出もほとんど無い。よく分からない人物から生まれてきた私たちは、よく分からないまま暗い駐車場でただ泣き、それを見ていることしかできない。

もう死んでこの世にいない人のために泣いたりなんかしたって、なんにもならない。薄情かもしれないが、私はそういう考えだ。でもいま父のためにこんなに泣いているトモヤスさんのほうが、たぶん、正しいのだ。そんな気がする。正しいも間違ってるもないことかもしれないけど、今ここで泣けるほうが、まっとうな人の心のような気がする。

父の死に対して涙を流す人がいることに、私は安堵していた。どの立場からの、どういう意味の安堵なのか分からないけど。

近くの駐車場に車を停めているというトモヤスさんの去っていく背中を見つめながら、きっともう二度と会うことはないな、と思った。あるとしたら、どちらかの葬式だ。

でももし私が先に死んだ場合、たぶんトモヤスさんは泣くのだろうな。都合半日も顔を合わせていない〝姉〟のために。

「あ」

胸の奥が突然、ツッ、と痛んで、私は立ち止まった。

父が死んでから、今初めて、悲しみのようなものがそこにやってきた。

「おねえちゃんの儀《ぎ》」は「小説現代」’25年5・6月合併号、「あのコを知ってる？」は「小説現代」’23年10月号、「◀◀（リワインド）」は「小説現代」’23年1・2月合併号、「父の回数」は「小説現代」’22年5・6月合併号、「かたす・ほかす・ふてる」は「小説現代」’24年1・2月合併号にそれぞれ掲載されました。

王谷 晶（おうたに・あきら）

一九八一年東京都生まれ。著書には、小説で『ババヤガの夜』（ロサンゼルス・タイムスで「この夏読むべきミステリー五冊［二〇二四年］」に選出）『完璧じゃない、あたしたち』『君の六月は凍る』『他人屋のゆうれい』、エッセイで『どうせカラダが目当てでしょ』『40歳だけど大人になりたい』などがある。

父《ちち》の回数《かいすう》

二〇二五年四月二十一日　第一刷発行

著者　王谷《おうたに》　晶《あきら》
発行者　篠木和久
発行所　株式会社講談社
〒一一二-八〇〇一
東京都文京区音羽二-一二-二一
電話　出版　〇三-五三九五-三五〇五
販売　〇三-五三九五-五八一七
業務　〇三-五三九五-三六一五

本文データ制作　講談社デジタル製作
印刷所　株式会社KPSプロダクツ
製本所　株式会社国宝社

ISBN 978-4-06-538968-3　N.D.C. 913　239p　19cm